Vuela alto

Chispa

Bimi

Pix

Zoe

Sili

Zena

Mariela

Lola

Academia de Hadas

Vuela alto

TITANIA WOODS

Ilustraciones de Smiljana Coh

EDICIONES B
GRUPO ZETA

Barcelona • Bogotá • Buenos Aires • Caracas • Madrid • México D.F. • Montevideo • Quito • Santiago de Chile

Título original: *Glitterwings Academy. Flying High*
Traducción: Olivia Llopart
1.ª edición: septiembre 2011

© Lee Weatherly 2008
© Ediciones B, S. A., 2011
    Consell de Cent, 425-427 - 08009 Barcelona (España)
    www.edicionesb.com
Publicado por primera vez en el Reino Unido por
Bloomsbury Publishing PLC

Printed in Spain
ISBN: 978-84-666-4855-4
Depósito legal: B. 22.109-2011

Impreso por LIBERDÚPLEX, S.L.U.
Ctra. BV 2249 Km 7,4 Polígono Torrentfondo
08791 - Sant Llorenç d'Hortons (Barcelona)

Para mi agente, Caroline Sheldon.
Sin su gran apoyo y entusiasmo,
no habría hadas en la Academia.

1

—¡Corre, Choco! —le susurró Chispa al ratón—. ¡Ya casi hemos llegado!

El ratón obedeció y echó a correr; sus bigotes temblaban con cada paso. Chispa se aferró a las riendas. El corazón le latía con fuerza mientras avanzaban a través del campo de hierba que se extendía frente a ellos. ¿Cómo era posible que todavía no viesen su nueva escuela? Ya tendrían que haber llegado...

Y, en aquel instante, ¡lo vio! Un roble enorme que se alzaba hacia el cielo rodeado de un campo de flores. Chispa tiró de las riendas de Choco y batió las alas con emoción.

—¡Mirad! —les gritó a sus padres—. ¡Ahí está! ¡La Academia de Hadas!

El padre de Chispa descendió hacia ella. Tenía las alas de color violeta y las movía a tal velocidad que costaba distinguirlas.

—¡Ya era hora de que la vieras! —bromeó.

La madre de Chispa, que estaba suspendida a su lado, la tomó de la mano.

—Te encantará, ya verás —afirmó. Su bonito cabello de color rosa, muy parecido al de Chispa, ondeaba suavemente con el viento.

—Vamos, ¡démonos prisa! —exclamó Chispa, y le dio un pequeño codazo a Choco para que echase a correr de nuevo hacia el gran roble. Sus padres la seguían de cerca desde el aire.

De pronto oyeron un débil zumbido por encima de ellos. Un grupo de hadas jóvenes volaba en lo alto. Vestían con tanto colorido que parecían mariposas y, mientras giraban y aleteaban en el aire, no dejaban de charlar.

—¡Ahí está la Academia! —comentó una—. Qué guay estar de vuelta, ¿eh?

Chispa las vio alejarse y sonrió. Dentro de poco, ella también podría revolotear con sus amigas. ¡Se moría de ganas de aprender a volar!

A medida que Chispa y sus padres se acercaban al roble, la academia se hacía cada vez más alta, elevándose hacia el cielo.

—¡Es gigante! —exclamó Chispa, observando la multitud de diminutas ventanas que rodeaban el tronco en espiral y la gran puerta que había en la base.

Pronto aparecieron más y más hadas, que destellaban alrededor del árbol como luces de Navidad. Permanecían suspendidas en el aire agrupándose en alegres coros. Charlaban y reían. Algunas de ellas vestían pantalones cortos y brillantes camisetas de tirantes; parecían casi adultas.

Nadie prestaba la menor atención a Chispa, quien bajó la vista hacia las orejas de Choco. Se sintió muy infantil: montaba un ratón y llevaba un aburrido vestido de pétalos de rosa sin brillo alguno. Pero en aquel instante, Chispa vio a otra hada de su misma edad. Tenía el cabello de color azul lavanda, también montaba un ratón y llevaba un vestido de margaritas. ¡Otra alumna de primero! Chispa suspiró aliviada.

Su madre señaló en dirección a una rama.

—¡Mira! ¡La Rama Peonía! Allí es donde dormía yo cuando tenía tu edad. ¡Nos lo pasábamos tan bien!

—Pues a ver cuál me toca a mí... —dijo Chispa.

Justo entonces se oyó un zumbido, y un hada con las alas blancas y el cabello azul cielo aterrizó frente a ellos.

—Soy la profesora Alasluz, la responsable del primer curso —anunció, plegando con cuidado las alas—. Y tú, ¿cómo te llamas, jovencita? —preguntó, mirando a Chispa con los ojos entornados.

Los padres de Chispa aterrizaron uno a cada lado de su hija, y la animaron a responder. Ésta se bajó a toda prisa de Choco, se puso de puntillas y, agachando un poco la cabeza, contestó:

—Me llamo Chispa Revuelo.

La profesora Alasluz asintió con un movimiento de la cabeza y buscó su nombre en un portapapeles de hojas de trébol.

—Sí, aquí estás. Te toca ir a la Rama Narciso. Ah, y veo que has estudiado en el colegio Berro. De modo que esperamos grandes cosas de ti, ¿eh? —añadió, mirando a Chispa con expresión seria.

—Sí, profesora Alasluz. —Chispa tragó saliva.

Justo en ese momento, Choco le toqueteó el bolsillo con el hocico en busca de semillas, y la joven hada casi se cae al suelo.

—¡Ahora no, Choco! —lo reprendió Chispa.

Su padre soltó una carcajada.

—Chispa tiene unas ganas locas de aprender a volar. ¡Ya está harta de ratones!

La profesora Alasluz forzó una sonrisa.

—Me lo imagino, como todas las otras alumnas de primero. Yo soy la profesora de la clase de Vuelo, así que aprenderás conmigo.

—¡Oh! Quiero decir, qué bien. —A Chispa se le encogió el corazón. Se suponía que volar tenía que ser algo divertido, pero le daba la sensación de que a la profesora Alasluz se le rompería la cara si intentara sonreír.

El padre de Chispa cogió la bolsa de hoja de roble que estaba atada a la espalda de Choco.

—Aquí tienes tus cosas, Chispilla. Tu madre y yo nos iremos ahora y te dejaremos explorar.

Su madre le dio un beso en la mejilla y le dijo:

—Envíanos una mariposa cada semana, cariño. Y recuerda que al final del trimestre tu padre y yo tenemos que ir al Congreso de Medicina para Hadas, así que enviaremos a alguien a recogerte para que vuelvas a casa por vacaciones.

—Vale, me acordaré.

Sus padres la envolvieron cariñosamente con las alas, y a Chispa se le llenaron los ojos de lágrimas. Ambos eran médicos, y estaba muy orgullosa de ellos. ¡Los iba a echar tanto de menos! Pero no pensaba llorar; llorar era tan infantil como montar ratones.

Entonces se sintió culpable y le dio a Choco un abrazo rápido, pasando los brazos alrededor de su suave pelo. ¡Choco no tenía la culpa de que sólo las hadas pequeñas montaran ratones!

Tras un último achuchón, sus padres emprendieron el vuelo de regreso, despidiéndose con la mano desde el aire. Choco trotaba por debajo, atado a ellos con un largo cordón.

—¡Decidle a Tina que le escribiré! —les gritó Chispa.

Tina, su hermanita, estaba alucinada de que se hubiera ido a estudiar a la Academia de Hadas. Chispa sonrió al pensar en ella y alzó la barbilla, dispuesta a disfrutar de la gran oportunidad que se le presentaba.

—Venga, pongámonos en marcha —dijo la profesora Alasluz, conduciendo a Chispa hacia la impresionante puerta de la academia.

Chispa alzó la vista hacia las ramas que se extendían en todas las direcciones y se frotó las alas. ¿Cómo sería la academia por dentro?

—Aquí tenemos a otra alumna de primero —comentó la profesora Alasluz, indicándole que se acercara a un hada con el cabello largo de color azul lavanda—. Ella también está en la Rama Narciso.

El hada se acercó a toda prisa, y Chispa reconoció a la joven del ratón que había visto poco antes. Las dos chicas sonrieron mientras la profesora las presentaba. Se llamaba Zoe, y a Chispa le cayó bien de inmediato. Tenía una expresión simpática y alegre, y le brillaban los ojos.

—Bueno, chicas, os dejo aquí —anunció la profesora Alasluz—. Entrad y coged dos pájaros hasta la Rama Narciso. Allí podréis elegir cama, y la profesora Flotis se ocupará de vosotras. —Dicho esto, se fue volando con el portapapeles en la mano.

—¡Somos opuestas! —dijo Zoe entre risas.

Chispa enseguida comprendió a qué se refería: ella tenía el cabello de color rosa y las alas azul lavanda, mientras que Zoe tenía el cabello azul lavanda y las alas de color rosa. Además, ambas tenían la piel rosada y los ojos de color violeta. Las dos rieron con alegría, mirándose de arriba abajo.

Zoe tomó a Chispa del brazo y dijo:

—Estamos predestinadas a ser amigas. ¡Opuestas para toda la vida!

Las dos amigas comenzaron a dar brincos en dirección al gran árbol. Chispa estaba feliz; nunca habría imaginado que tardaría tan poco en conocer a alguien que le cayese tan bien. Zoe parecía la amiga perfecta.

Cuando cruzaron las enormes puertas de la academia, Chispa miró hacia arriba y se paró en seco. A Zoe se le escapó la risa.

—Es la primera vez que vienes, ¿no? Mi hermana estudia aquí, así que para mí nada es nuevo.

Chispa se había quedado sin palabras. Permaneció inmóvil con la cabeza inclinada hacia atrás, completamente alucinada con su nuevo colegio.

El roble estaba hueco por dentro, y una luz dorada iluminaba su interior. Se elevaba hacia el cielo como una

gigantesca torre, y había una gran cantidad de luminosos pasillos que se abrían paso en todas las direcciones. «Ésas deben de ser las ramas del árbol», pensó.

Había hadas revoloteando por todas partes; entraban y salían a toda prisa de los pasillos como si fueran colibrís.

—¡Es precioso! —exclamó Chispa.

—Sí, es una pasada, ¿verdad? —asintió Zoe—. Venga, ¡cojamos los pájaros y vayamos a ver nuestra rama! —urgió, tomándola de la mano.

Cerca de la puerta, una pequeña bandada de pájaros de color amarillo y gris esperaba su turno. Tenían unas alegres monturas rojas colocadas sobre la espalda.

Zoe se subió de un salto al más cercano. Chispa la imitó, y colocó la bolsa delante de ella. El pájaro ladeó la cabeza y la miró con un ojo oscuro y brillante. Chispa observó el suave plumaje del animal y dudó; la verdad es que no tenía ni idea de cómo agarrarse. ¡Era la primera vez que montaba un pájaro!

—¿Cómo se...? —comenzó.

—¡A la Rama Narciso! —gritó Zoe.

Y los dos pájaros alzaron el vuelo a toda prisa.

—¡Aaah! —chilló Chispa. Se agarró con fuerza a las brillantes plumas grises de su pájaro y, sin pensarlo, miró hacia abajo.

Enseguida se arrepintió de haberlo hecho. La puerta principal se veía tan pequeña que parecía formar parte de una casa de hormigas. ¡Caracoles! Se le revolvió el estómago.

—¡Yupi! —exclamó Zoe. El cabello azul lavanda le cubría el rostro—. Me muero de ganas de volar de verdad —le gritó a Chispa—. ¡Pero esto ya mola mucho más que montar un ratón!

Volaban a toda pastilla, dejando atrás ramas y aulas. Chispa se aferró a las plumas. «¡Daría lo que fuera por estar de nuevo en tierra con el bueno de Choco!», pensó.

Justo en aquel momento el vuelo llegó a su fin. Los

dos pájaros abrieron las alas y se posaron en un saliente sobre el que pendía un narciso.

Todavía temblando, Chispa se bajó con cuidado de su montura. Zoe, en cambio, bajó de un salto y abrió la puerta.

La rama estaba decorada con docenas de narcisos blancos y amarillos, y una alfombra de musgo de color verde claro cubría el suelo. Las camas estaban alineadas contra la pared, y encima de cada una había un gran narciso colgado boca abajo como si fuera un dosel.

Las otras hadas que había en la habitación charlaban y reían mientras deshacían sus bolsas. Zoe agarró a Chispa del brazo.

—Venga, elijamos camas. —Y las dos amigas se apresuraron al interior.

Había ocho camas de musgo, pero sólo dos seguían libres: una estaba en un extremo y la otra, en el centro. Decepcionada, Chispa se paró en seco. Le hubiera gustado tener la cama al lado de Zoe.

Zoe se encogió de hombros, pero enseguida se subió a la cama que estaba en el centro de la hilera.

—Yo me quedo ésta. ¡Así estaré superacompañada!

Chispa miró al hada que se había instalado en la cama contigua, y vaciló.

—¿Me la cambias? —preguntó.

La muchacha tenía el cabello verde plateado y las alas de color verde, casi transparentes. Llevaba un vestido muy sofisticado tejido con pétalos de diente de león.

—No, no te la cambio. Tendrías que haber llegado antes, ¿no crees? —contestó ésta, alzando la nariz respingona.

—Oh, cielo, ya me estoy arrepintiendo de haber escogido esta cama —comentó Zoe entre risas—. ¡Qué palo tener que dormir a tu lado!

El hada la miró con desprecio y volvió la cabeza.

Chispa tuvo que apretar los labios para contener la risa. Seguidamente, se dirigió a la última cama vacía, dejó su bolsa encima y miró de reojo al hada que se había instalado en la cama contigua.

Se quedó pasmada; era el hada más guapa que había visto en la vida. Tenía el cabello brillante y de color azul oscuro, y las alas plateadas estampadas con unas preciosas espirales doradas. Llevaba un vestido de campanillas que le quedaba tan bien que Chispa se sintió fea y sosa a su lado.

«No seas tonta —pensó Chispa, colocándose un mechón de cabello de color rosa detrás de la oreja—. Seguro que es muy simpática.» Y sonrió al hada.

—Hola, me llamo Chispa —se presentó.

El hada se sonrojó y apenas la miró.

—Yo soy Bimi —murmuró.

Hubo un silencio. Chispa deshizo su bolsa poco a poco y dejó los dibujos de su familia encima de la seta que hacía de mesilla de noche. Cuando acabó, lo intentó de nuevo.

—¿Quién es esa hada, la que lleva el vestido de dientes de león? —preguntó.

Bimi se encogió de hombros.

—Se llama Mariela —contestó con brusquedad, y se dio media vuelta sin decir una palabra más.

Chispa suspiró. No le parecía justo tener que dormir al lado de esa hada tan antipática en lugar de estar junto a Zoe. Seguro que Bimi pensaba que era demasiado guapa para hablar con alguien tan normal como ella.

Zoe, que había estado charlando con otras hadas, se acercó brincando y cogió a Chispa de la mano.

—Venga, anímate —le dijo—. Aunque no estemos juntas, ¡seguimos siendo opuestas!

Chispa le sonrió; ya se sentía mucho mejor.

De pronto, un hada regordeta con el cabello de color rosa pálido aterrizó con torpeza en la entrada de la habitación. Parecía agotada por el esfuerzo.

—¡Hola, chicas! —saludó entre jadeos—. Soy la profesora Flotis, vuestra tutora. ¿Estáis todas instaladas? —Echó un vistazo a la rama y asintió satisfecha—. ¡Perfecto! Pues venga, todas en marcha; la asamblea escolar empezará en dos batidas de alas.

Chispa se unió al resto de las alumnas en la entrada de la rama, donde un grupo de pájaros esperaba en círculo. Los pájaros se iban colocando uno a uno en el saliente para que las hadas fueran subiendo. Seguidamente, se elevaban y esperaban de nuevo en círculo hasta que todas las monturas estuvieran ocupadas.

«¡Otra vez no, por favor!» Chispa tragó saliva. Cuando le tocó el turno, se aferró a la espalda de su pájaro con las rodillas. No quería que las otras niñas se dieran cuenta del miedo que le daba; pensarían que era una miedica...

La profesora Flotis voló hasta ellas y tocó el silbato.

—Bien, ya estamos todas. ¡A la Gran Rama, pájaros!

Mirara donde mirara, Chispa veía coloridas líneas de hadas sonrientes que volaban en dirección a una enorme rama que había en medio del árbol.

—¡Volad con disciplina, por favor! —gritó una profesora—. ¡Que nadie se separe de su grupo!

Chispa se agarró a su sillín rojo con las manos sudorosas. Qué ganas tenía de aprender a volar de verdad... ¡Seguro que no pasaría mucho miedo!

21

La Gran Rama era la rama más grande de la Academia de Hadas. Las paredes de madera estaban repletas de ventanas con forma de arco, y del techo pendían cientos de farolillos de luciérnagas como si fueran estrellas. La sala estaba amueblada con grandes hileras de mesas de musgo y setas a topos rojos y blancos que hacían de sillas. Por encima de cada mesa colgaba una bonita flor.

—Mira, ¡ahí está la nuestra! —Chispa señaló una mesa, situada bastante al frente, sobre la que pendía un narciso precioso de color amarillo.

Ella y Zoe se apresuraron a tomar asiento y rieron tontamente mientras se apretujaban una junto a la otra, rozándose las alas.

En poco tiempo, la Gran Rama se llenó de hadas que cotorreaban excitadas.

Un hada con el cabello azul lavanda y las alas de color rosa se acercó a su mesa.

—¿Cómo te va, Zoe?

—¡Muy bien! Mira, he encontrado una opuesta. —Zoe apoyó la cabeza contra la de su nueva amiga—. Chispa, ésta es mi hermana Winn. Está en cuarto.

Chispa y Winn se saludaron. Winn parecía tan simpática como su hermana, y también tenía unos alegres ojos de color violeta.

—No te metas en líos demasiado pronto, ¿vale, Zoe? —Winn le dedicó una gran sonrisa a su hermana—. ¡Mamá me ha pedido que cuide de ti!

—¡Un poco de silencio, por favor! —Al frente de la Gran Rama, flotando por encima de una plataforma, había un hada alta con alas de arcoíris y el cabello blanco como la nieve que daba palmas para captar la atención de todas las alumnas.

Winn regresó a su mesa a toda prisa. Cuando el silencio fue tal como para oír toser a una abeja, el hada comenzó a hablar con voz grave y profunda:

—A las antiguas alumnas, bienvenidas un año más a la Academia de Hadas. Y a las nuevas, os recibimos con ilusión. Esperamos que seáis muy felices aquí. Yo soy la señorita Lentejuela, el hada directora.

Chispa observó a la directora con atención. Parecía tan tranquila y segura de sí misma... Además, se dirigía a la multitud sin apenas parpadear. A Chispa le costaba creer que la señorita Lentejuela hubiera sido niña alguna vez.

El hada directora continuó explicándoles que a partir de la mañana siguiente todas las alumnas tendrían que llevar los uniformes de su rama, con la faja del color de sus respectivos cursos. «Vestidos de narciso», pensó Chispa. No estaba tan mal. Además, el color para las de primero era el verde, que quedaría genial con el blanco y el amarillo.

En el otro extremo de la mesa, Mariela protestó:

—¿Vestidos de narciso? No me lo puedo creer. Mamá se pondrá furiosa. Con razón quería que me pusieran en la Rama Orquídea.

«Y ojalá lo hubieran hecho», pensó Chispa.

La señorita Lentejuela presentó a las maestras, que estaban sentadas a la mesa principal. La profesora Alasluz se puso de pie cuando el hada directora pronunció su nombre. Parecía tan severa como antes.

—Alumnas de primero, yo seré vuestra profesora de Vuelo. Mañana tendréis vuestra primera clase. Queremos que empecéis a volar lo antes posible para que los pájaros puedan regresar a sus casas.

Un hada pelirroja que estaba sentada a la mesa Narciso alzó la mano. Se llamaba Pix, y a Chispa le pareció una chica lista y seria.

—¿Significa eso que mañana nos espolvorearéis con polvos mágicos? —preguntó.

—Sí, así es —asintió la profesora Alasluz.

Un murmullo de excitación de las alumnas de primero llenó la sala. Por fin, después de años de espera, las espolvorearían con polvos mágicos, ¡y así podrían utilizar sus alas! Chispa se emocionó. Ella y Zoe se apretaron las manos, dando brincos de alegría en sus setas. Incluso Mariela parecía impresionada.

—Eso es todo —anunció la señorita Lentejuela con una sonrisa—. Espero que disfrutéis de este año escolar. —Se apoyó sobre la plataforma e hizo una señal con el brazo—. ¡Adelante, mariposas!

Se oyó un débil zumbido y un río de mariposas de preciosos colores comenzó a desfilar por la Gran Rama. Llevaban tartas de semillas y jarras de rocío fresco, y las iban depositando en las mesas con delicadeza.

—¡Gracias! —le dijo Chispa a la mariposa azul y roja que servía su mesa, y ésta le hizo un gesto con el ala y se alejó volando.

Las hadas comieron con apetito, charlando y riendo.

Cuando llegó la hora de que las alumnas de primero se montaran de nuevo en los pájaros para regresar a sus ramas, Chispa ya estaba demasiado cansada para pensar en sus miedos.

«No pasa nada —pensó mientras se aferraba al pájaro—. Mañana me espolvorearán con polvos mágicos, y ¡aprenderé a volar!»

2

—¡Hora de levantarse, dormilonas! —gritó la profesora Flotis.

Chispa abrió un ojo; no se acordaba de dónde estaba. A su alrededor, las otras hadas se estaban incorporando, y entre bostezos se alisaban las alas.

Chispa se sentó muy erguida; los ojos de color violeta le brillaban. Estaba en la Academia de Hadas, en la Rama Narciso. ¡Y hoy iba a aprender a volar! Saltó de la cama y cogió su peine de cardos para desenredarse el cabello.

—Así me gusta —dijo la profesora Flotis, acercándose a ella—. Y ahora solucionemos el tema del uniforme.

—La maestra tenía un montón de narcisos en las manos, escogió uno y se lo mostró a Chispa—. Un bonito narciso blanco para ti. Creo que quedará muy bien con el color rosa de tu cabello. ¿Te gusta?

Chispa asintió con entusiasmo y añadió:

—¡Es precioso!

La profesora Flotis hurgó en una pequeña bolsa que llevaba colgada de la cadera y dejó caer unos polvos dorados y rosas sobre la flor. Rápidamente, el narciso se transformó en un vestido de la talla de Chispa.

—¡Qué pasada! —exclamó Chispa.

—Es que aquí no tenemos tiempo para hacerlos a mano —comentó la profesora, sonriendo—. Tenemos que vestir a muchas hadas, así que utilizamos un poco de magia para arreglárnoslas. Buena idea, ¿no crees? Aquí tienes, cielo, póntelo.

La profesora Flotis también le tendió una faja de hierba verde y un divertido gorro de hoja de roble. Unos segundos después, Chispa ya se sentía como si llevara toda la vida en la Academia de Hadas.

Zoe, que estaba vestida de modo similar, comenzó a dar vueltas delante de ella.

—¡Míranos! —gritó—. ¡Estamos increíbles!

Mariela se miró con mala cara en el pequeño espejo que colgaba de la pared.

—¡Gorros de hoja de roble! —protestó—. ¿Es que aquí no tienen sentido del gusto? En casa sólo llevaba gorros hechos con...

—Oye, ¡tengo una idea brillante! —la interrumpió Zoe—. ¿Por qué no vuelves a tu casa y te quedas allí?

—No deberías hablarle así a Mariela —intervino un hada pequeña y delgaducha que se llamaba Lola.

Lola tenía el cabello rubio y lacio, y las alas de color azul pálido. Al parecer, ella y Mariela habían hecho buenas migas y miraban con desprecio la academia a y sus ocupantes.

—¿Y por qué no? —replicó Zoe, dando un paso al frente—. ¡Lo está pidiendo a gritos!

Lola se puso un poco pálida y retrocedió.

—Venga, no vale la pena perder el tiempo con ella —soltó Mariela. Y ella y Lola se tomaron de la mano y se volvieron, batiendo las alas con aires de grandeza.

—Ya está bien de tonterías, chicas —dijo la profesora Flotis, aproximándose a ellas—. ¿Es que no queréis ver vuestro horario? Aquí tenéis. Pronto estaréis tan ocupadas que no tendréis tiempo para peleas.

Chispa cogió con ganas el horario de pétalos de rosa que la profesora le entregó. «CHISPA REVUELO», ponía en letras plateadas, y a continuación detallaba todo el

Mariela

horario de sus clases: «Técnicas de Vuelo. Poderes Florales para principiantes. Introducción a la Bondad de las Criaturas. Danza para principiantes. Teoría de los Polvos Mágicos.» A Chispa le brillaban los ojos. ¡Todo parecía superemocionante!

—Mañana tenemos clase de Poderes Florales —le dijo a Zoe, dándole un golpecito con el ala—. ¡Me muero de ganas! Nos enseñarán a curar flores marchitas y todo eso...

—¡Yo de lo que tengo ganas es de empezar la clase de Danza! —exclamó Zoe—. Con todos esos movimientos mágicos... —Echó un vistazo al horario de Chispa y dio un pequeño salto—. ¡Y estaremos juntas en todas las clases! ¡Qué guay!

—Todas las alumnas de la Rama Narciso vamos a las mismas clases —intervino Pix—. Y en algunas, como la clase de Vuelo, estamos todas las de primero juntas.

Chispa miró de reojo a Mariela y a Lola, y su entusiasmo se esfumó. Por si no fuera suficiente tener que convivir con esas dos, encima tendrían que ir juntas a todas las clases.

Bueno, no importaba, al menos estaba con Zoe. Enrolló con cuidado su horario y lo guardó en su mochila de pétalos de rosa.

Mientras tanto, la profesora Flotis seguía con los uniformes. Era el turno de Bimi, y la maestra parecía excesivamente preocupada por hacer una buena elección. Iba probando con cada una de las flores.

—¿El amarillo? Queda tan bien con tu precioso cabello y tus increíbles ojos... Pero, claro, el blanco con el ribete amarillo también te quedaría genial...

Bimi estaba tensa y apretaba con fuerza las mandíbulas. Chispas pensó que todavía estaba más enojada que la noche anterior.

—Me da igual —contestó Bimi con sequedad—. Cualquiera servirá.

Al fin, la profesora Flotis escogió un vestido que la satisfacía, y las chicas se reunieron en la puerta de la habitación para subirse a los pájaros y bajar a desayunar.

En cuanto vio que los pájaros se colocaban en círculo, Chispa se puso nerviosa y comenzó a morderse el labio. «Sólo una vez más —se dijo a sí misma—. Después ya podré volar yo solita.»

Para quitarse los nervios de la cabeza, Chispa decidió volver a intentarlo con Bimi.

—Estás muy guapa —le susurró.

La profesora Flotis se había decidido por el vestido amarillo y blanco, y la verdad es que le quedaba alucinante.

Bimi se encogió de hombros y se volvió con mala cara. Chispa suspiró; de nada le servía intentar ser amable.

Zoe se subió a su pájaro y soltó un grito de alegría.

—Esta tarde ya no habrá pájaros que valgan —chilló.

—¡Yupi! —contestaron algunas de las otras chicas.

Chispa se subió con cautela al sillín rojo, intentando sonreír como hacían las otras hadas. «Me muero de ganas de que llegue ese momento», pensó.

Después del desayuno las alumnas de primero se reunieron en el jardín que había frente a la Academia para asistir a su primera clase de Vuelo; el gran roble se alzaba detrás de ellas.

—Vamos a ver —comenzó la profesora Alasluz, moviéndose de un lado a otro frente a la hilera de hadas—. Lo que debéis recordar es que volar es una cuestión de instinto. ¡Instinto!

Chispa frunció el ceño y miró a su alrededor. Ninguna de las otras hadas parecía desconcertada. Pero su padre siempre le había dicho que no debía darle vergüenza preguntar algo que no entendía, así que levantó la mano.

—¿Sí? —dijo la profesora Alasluz, suspendida en el aire delante de ella.

—¿Qué significa «instinto»? —preguntó Chispa.

La maestra abrió la boca para contestar, pero antes de que pudiera hacerlo, una voz protestó:

—¡Cómo puede ser que no sepas eso!

¡Mariela! Chispa notó que le subían los colores. A su lado, Zoe hizo una mueca y puso los ojos en blanco.

La profesora Alasluz fulminó a Mariela con la mirada y, enseguida, voló hasta ella.

—Entonces, explícanoslo tú —espetó la maestra—. ¡Y habla en voz alta para que todas podamos oírlo!

Mariela sonrió orgullosa, apartándose un mechón de pelo verde plateado de los ojos.

—Significa talento. Para volar se necesita talento, y sé que de eso no me falta porque...

—¡Incorrecto! —vociferó la profesora. Batía las alas con tanta fuerza que se alzó varios centímetros del suelo—. ¡No tiene nada que ver con el talento, listilla!

Mariela se sonrojó y frunció el ceño; y las otras hadas se rieron por lo bajo.

—El instinto consiste en hacer algo sin tener que pensarlo —continuó la profesora Alasluz—. Las hadas están hechas para volar, así que todas vosotras volaréis a las mil maravillas si os relajáis y dejáis que vuestras alas hagan su trabajo.

—Y, entonces, ¿por qué necesitamos clases de Vuelo? —quiso saber Zoe.

La profesora casi sonrió.

—Pues porque necesitáis aprender algunas técnicas para sacar el máximo provecho a vuestras alas. ¡Observad!

Dicho esto, salió disparada hacia arriba. Las niñas observaban boquiabiertas a la maestra, que hacía acrobacias por encima de sus cabezas, dando vueltas y más vueltas en una nube de brillo. Tras un par de giros en espiral y volteretas hacia atrás, bajó en picado hasta la fila de hadas y frenó en el último momento para aterrizar con elegancia delante de las alumnas.

Las hadas de primero aplaudieron con entusiasmo

mientras la profesora Alasluz se arreglaba el cabello de color azul cielo e intentaba disimular la sonrisa.

—Bueno, creo que ya os habéis hecho una idea —dijo en tono serio—. Así que ha llegado el momento de sacar los polvos mágicos para que empecéis a volar.

—¡Ya era hora! —cuchicheó Zoe. Las dos amigas se cogieron de la mano y sonrieron.

La profesora Alasluz y su ayudante, una chica de último curso de aspecto serio, comenzaron a recorrer la fila de alumnas. Cuando les llegaba el turno, las hadas cerraban los ojos, y se producía un repentino destello de color dorado y rosa, seguido de un chillido de placer.

—¡Quedaos en tierra firme, por favor! —ordenó la profesora—. ¡No voléis todavía!

Por fin le tocó a Chispa, quien respiró hondo mientras la ayudante de la profesora medía con cuidado la cantidad de polvos mágicos en un caparazón de mariquita.

—¡Los ojos cerrados! —espetó la profesora Alasluz con el caparazón en la mano.

Chispa cerró los ojos con fuerza, aguantando la respiración. Oyó una bonita melodía, como el repique de diminutas campanillas de plata, y seguidamente sintió una increíble sensación de alegría que se extendía por sus alas.

—¡Guau! —exclamó con los ojos abiertos como platos—. ¡Menuda sensación!

—Quédate en tierra —repitió la profesora con brusquedad.

Cuando ya habían espolvoreado a todas las niñas, la profesora Alasluz se colocó frente a ellas y recorrió la fila de hadas con la mirada. Estaban muy emocionadas.

—Bien —comenzó la maestra—, esta mañana vamos a aprender lo básico para que podáis volar hasta vuestras clases y ramas. Cuando dé la señal, quiero que todas os elevéis poco a poco en el aire hasta que diga basta. ¿Preparadas?

«¡Sí!», pensó Chispa. Las alas le temblaban de la emoción.

—¡Arriba! —gritó la profesora.

Chispa batió las alas con fuerza y, antes de que pudiera darse cuenta, ya se había elevado un par de metros.

—¡Aaah! —gritó. Cada vez estaba más lejos del suelo y lo veía todo más pequeño. El mundo le daba vueltas y vueltas, y volvió a gritar. ¡Eso era peor que subirse al pájaro!

—¡Despacio! —le indicó la profesora Alasluz, acercándose a ella—. ¡Aleteos suaves y controlados!

—¡No puedo! —chilló Chispa.

Sus alas se movían sin control, como si tuvieran vida propia. Volvió a mirar hacia abajo y vio al resto de la clase, de nuevo en el césped. Las otras alumnas la miraban boquiabiertas, y sus rostros se veían tan pequeños que parecían semillas de amapola. Chispa sintió frío. ¡Caracoles! Estaba suspendida en el aire sin nada que la sujetase aparte de sus alas.

De pronto, sus alas dejaron de moverse. Chispa se desmayó y cayó en picado al suelo.

Cuando recuperó la consciencia, estaba tumbada en el césped y la profesora Alasluz, que estaba a su lado, le daba palmaditas en las manos.

—Menudo susto, jovencita —comentó cuando vio que Chispa abría los ojos—. En todos mis años como maestra, ¡jamás había visto nada parecido! ¡He tenido que hacer verdaderas acrobacias para alcanzarte antes de que te aplastaras contra el suelo!

Ayudó a Chispa a ponerse en pie, y ésta se murió de vergüenza cuando vio que toda la clase la estaba mirando.

—Ya había dicho yo que era cuestión de talento —le susurró Mariela a Lola, y ambas rieron disimuladamente.

Chispa se puso como un tomate.

—Venga, inténtalo de nuevo —le indicó la profesora Alasluz.

—¿Ahora? —preguntó con desespero. Sólo de pensarlo, se le revolvía el estómago.

—¡Pues claro! —espetó la profesora—. No vamos a dejar que le cojas miedo a volar, ¿no? Directa al aire, una vez más. ¡De eso se trata! Colócate de nuevo en la fila. Toda la clase repetirá el ejercicio.

Todavía temblando, Chispa se unió al resto de las alumnas. Zoe se inclinó hacia ella y le susurró:

—¡Has volado más alto que nadie! ¿Por qué te has asustado tanto? ¡Parecía superdivertido!

Chispa recordó la sensación de frío que había sentido en las alas y tragó saliva. No podía creer que tuviera que hacerlo de nuevo.

—¡Arriba! —gritó la maestra, suspendida en el aire con las manos en la cintura.

«Despacio —pensó Chispa concienzudamente—. ¡DESPACIO!» Apretó los puños y se concentró en mover las alas muy poco a poco. Unos segundos después se dio cuenta de que era la única hada que seguía en tierra.

La profesora suspiró.

—Todas quietas. Quedaos suspendidas en el aire —ordenó.

Las alumnas de primero obedecieron y se quedaron mirando a Chispa desde arriba. Estaba sola, y abría y cerraba las alas muy despacio. Le ardían las mejillas.

La profesora Alasluz aterrizó a su lado y la observó con detenimiento.

—Estás pensando demasiado, jovencita —dijo—. ¡Relájate! ¡Deja que tus alas hagan todo el trabajo!

Chispa tragó saliva. Nunca se había sentido menos relajada en toda su vida.

—Venga, inténtalo de nuevo —añadió la maestra—. Cuando yo diga «arriba», tú...

¡ZUUUM! Las alas de Chispa tomaron la iniciativa, y

ésta salió proyectada hacia el cielo a gran velocidad. Algunas de las hadas que esperaban suspendidas en el aire gritaron y se apartaron a toda prisa de su camino.

—¡Aaah! —chilló Chispa, totalmente fuera de control—. ¡Socorro! ¡No puedo parar! —Iba como una bala en dirección a la academia.

El gran árbol parecía dar vueltas frente a ella, moviendo las ramas como aspas de molino.

—¡Frena! —vociferó la profesora Alasluz acudiendo en su ayuda—. ¡Recupera el control!

Chispa se tapó los ojos con las manos. Sentía que en cualquier momento se aplastaría contra la academia. Un terror glacial se apoderó de ella. Y, de repente, sus alas se congelaron de nuevo. Unos segundos después, estaba cayendo en picado hacia el suelo.

Esta vez, al recobrar la consciencia, la profesora parecía conmocionada y tenía el cabello azul alborotado alrededor del rostro.

—Por poco no logro cogerte a tiempo —jadeó—. Creo que ya has volado suficiente por hoy.

Chispa se incorporó con gran dificultad.

—¡Pero tengo que aprender a volar como las otras! —chilló, intentando contener las lágrimas.

—Se acabó por hoy —contestó la profesora con firmeza, colocándose bien el cabello—. Quédate sentadita y descansa mientras continuamos con la clase. Ya conseguiremos que vueles mañana. —Chispa vislumbró cierta preocupación en el rostro de la maestra—. O... bueno, tan pronto como podamos.

Las otras hadas volvieron a colocarse en fila, y Zoe aprovechó para acercarse a Chispa.

—No te preocupes, Opuesta, ¡pronto lo conseguirás! —la animó—. Y seguro que lo haces mejor que nadie.

—Preparadas... ¡Arriba! —gritó la profesora.

Con el alma en pena, Chispa se sentó en el césped y observó cómo las otras alumnas aprendían a elevarse, a girar en el aire y a aterrizar. La profesora Alasluz las animaba a volar un poco más alto con cada ejercicio. De manera que al final de la clase, las chicas ya aleteaban y giraban bastante por encima de Chispa.

Chispa oía a Zoe, que revoloteaba en lo alto, riendo y charlando con las otras hadas. Mariela volaba con la nariz levantada mientras ejecutaba magníficos movimientos aéreos. Durante uno de los ejercicios, ella y Lola pasaron justo por encima de Chispa y ésta tuvo que agachar la cabeza para evitar el golpe.

—¡Ay, perdona! —dijo Mariela en voz alta—. No nos hemos dado cuenta de que estabas aquí sentada.

—Sí, perdona —repitió Lola con una sonrisita. Y las dos hadas se alejaron entre risas.

Chispa se quedó mirándolas y le subieron los colores. «No pasa nada —pensó—. Ya aprenderé a volar mañana.» Sus alas de color azul lavanda se abrieron y cerraron a la luz del sol, como en señal de compromiso.

Pero sólo de pensar en volver a intentarlo a Chispa le entraban escalofríos. ¿Y si...? ¿Y si nunca aprendía a volar? ¡Sería la única hada en toda la academia que montaría un pájaro!

Chispa tragó saliva. «No —se dijo a sí misma convencida—. Mañana lo conseguiré. ¡Seguro!»

3

Pero Chispa no aprendió a volar al día siguiente, ni al otro. Pasó una semana, y Chispa era la única hada de la academia que permanecía anclada en tierra. Una docena de veces al día, el interior del tronco se llenaba de un arcoíris de hadas que volaban a toda prisa de clase a clase; con excepción de una sola chica que, sonrojada, se aferraba a su pájaro.

Las otras alumnas pretendían no darse cuenta, pero cuando Chispa pasaba junto a ellas, se ponían a cuchichear.

—Debe de tener algún problema —oyó que decía una alumna de cuarto—. ¿Crees que la dejarán quedarse en la academia?

Chispa se puso al rojo vivo, y tuvo que esforzarse para contener las lágrimas.

—No le hagas ni caso —la consoló Zoe, acercándose a su amiga—. Si dejan que una boba como ella estudie aquí, ¡seguro que a ti también!

La verdad es que no era un gran consuelo, y Chispa se dirigió apenada a la clase de Danza con el resto de las hadas de la Rama Narciso. Las clases de baile se impartían al aire libre, en un círculo de setas que crecían cerca del bosque.

—¡Rápido, rápido! —ordenó la profesora Brillarina, dando palmas desde el aire—. ¡Hoy tenemos mucho trabajo!

Chispa se bajó del pájaro y le dio una palmadita en el ala. Todos los otros pájaros ya habían regresado a sus casas, pero éste se había tenido que quedar. Se llamaba Solete y tenía los ojos llenos de luz. Y, a pesar de que a Chispa todavía se le revolvía el estómago cuando despegaban, ella y Solete se habían hecho buenos amigos. Él no tenía la culpa de que Chispa se hubiera convertido en la comidilla de la academia.

—¡Mi clase preferida! —exclamó Zoe con una sonrisa de oreja a oreja. Aterrizó con cuidado al lado de Chispa y la miró con los ojos resplandecientes—. Tengo una buena sorpresa para la profesora Brillarina; ya verás...

A Chispa le subieron los ánimos. Zoe se pasaba el día gastando bromas y haciendo travesuras. Justo el día anterior, le había cambiado a la profesora Flotis la bolsa de polvos mágicos por otra que contenía polvos normales y corrientes. Y, con voz inocente, le dijo a la maestra que su vestido de narciso necesitaba un remiendo.

—Pero ¿cómo es posible? —exclamó la profesora ruborizada mientras espolvoreaba un montón de polvos sobre el rebelde rasgón—. ¿Qué narices pasa con estos polvos?

Chispa y las otras alumnas tuvieron que morderse los labios para contener la risa.

Las hadas de la Rama Narciso se colocaron en círculo alrededor de la profesora Brillarina. La maestra tenía unas espectaculares alas de color rojo, y llevaba un vestido de tela de araña decorado con diminutas piedras brillantes.

—Cogeos de la mano, ¡y abrid bien las alas! —gritó. Llevaba el cabello morado recogido encima de la cabeza, con algunos mechones colgando de aquí y de allá.

Las alumnas siguieron sus instrucciones. Desde arriba parecían una flor de muchos pétalos.

—Muy bien —dijo la profesora, toqueteándose el cabello—. A todas las hadas les encanta bailar, pero no todos los bailes se hacen por pura diversión; algunos son mágicos, y el que voy a enseñaros hoy es muy importante. Si lo hacéis correctamente, ¡podréis oír los pensamientos del bosque!

En el grupo reinó el entusiasmo. Las hadas se miraban las unas a las otras; les brillaban los ojos.

—¡Menuda tontería! Ya lo he hecho miles de veces —comentó Mariela, sacudiendo la cabeza—. Mi antiguo colegio era muy avanzado y oíamos lo que el bosque pensaba a todas horas.

«Seguro que estaban deseando que desaparecieras de allí», pensó Chispa.

—¡Tres pasos hacia la derecha! —ordenó la profesora, que estaba suspendida en el aire con los brazos bien abiertos—. Inclinaos y girad. Cerrad las alas, ¡y abridlas!

Las hadas comenzaron a bailar, siguiendo con atención las instrucciones de la profesora. Chispa repetía para sí misma las indicaciones de la maestra:

—Dos pasos a la izquierda... Rotación...

¡Era una danza preciosa! De pronto, Chispa se dio cuenta de que la magia comenzaba a envolver al grupo en forma de radiantes copos de luz. ¡Era espectacular!

—Y ahora os elevaréis del suelo todas a la vez. ¡Un-

dos-tres aleteos, y cogeos de la mano en el aire! —gritó la profesora Brillarina.

¡Oh, no! A Chispa se le cayó el alma a los pies. Todas las otras hadas se elevaron como si fueran mariposas, y ella se quedó en el suelo muerta de vergüenza.

Los copos de luz fueron desapareciendo uno a uno produciendo pequeños chasquidos, y el hechizo se rompió.

—¿Qué sucede? ¡Has estropeado el baile! —la regañó la profesora—. ¿Se puede saber por qué no estás en el aire?

—Lo... lo siento —tartamudeó Chispa—. Es que...

—No sabe volar —intervino Mariela. Ella y Lola se rieron por lo bajo.

—¡Ah! Tú eres la niña de la que me han hablado —dijo la profesora—. Se me había olvidado. Pues, entonces, tendrás que saltar en lugar de volar. Finge que vuelas. Hoy no podremos oír los pensamientos del bosque; pero, de todas formas, tenéis que aprender los pasos.

Con el alma en pena, Chispa se unió a las otras, y la danza comenzó de nuevo. Nadie le dirigió la palabra, ni siquiera Zoe. Seguro que todas la culpaban por haber arruinado el baile.

—Y, ahora, ¡volad! —ordenó la profesora.

Sintiéndose como una idiota, Chispa se quedó saltando en el suelo mientras las otras hadas se elevaban. Oyó que Mariela y Lola se reían, y apretó los dientes. No iba a permitir que la hundieran.

—¡Profesora! —gritó Zoe de repente—. ¿Qué es eso que tienes en el hombro?

—¡Maldita sea! ¡Acabas de estropear el baile! —gritó la maestra, exasperada—. ¿Se puede saber qué dices? ¿Qué pasa con mi hombro?

—Es que tienes algo encima del hombro —respondió Zoe, con los ojos bien abiertos y expresión inocente.

Todas las hadas aterrizaron alrededor de la profesora.

Chispa apretó los labios para que no se le escapara la risa. Una luciérnaga verde y gorda se había acurrucado en el hombro de la profesora y ronroneaba con dulzura.

—¡Ah! ¡Sacádmelo de encima! ¡Aléjate de mí, gusano asqueroso! —chilló la profesora Brillarina, sacudiéndose el hombro.

La luciérnaga le rozó el cuello con el morro, zumbando de placer.

—Creo que le gustas, profesora —comentó Pix, intentando contener la risa.

—¡Pero él a mí no! Bichos asquerosos, ¡no deberían salir de los farolillos! —La profesora intentó quitarse la luciérnaga de encima, pero ésta se aferraba a ella como si fuera una lapa.

—¿No sería mejor que fueras a la enfermería? —sugirió Zoe, abriendo de par en par sus ojos de color violeta—. Creo que el bicho te ha cogido cariño.

—Sí, sí, claro. Voy ahora mismo. ¡Se acabó la clase! —Y la profesora Brillarina se fue volando a toda prisa hacia la academia con la cariñosa luciérnaga todavía acurrucada en su hombro.

—Seguro que tú has tenido algo que ver con todo esto —le dijo Mariela a Zoe—. ¡Es la primera vez que veo a una luciérnaga hacer algo así!

—¿Yo? ¡Qué va! —replicó Zoe—. Ya sabes que no aprenderemos a hacer hechizos hasta que lleguemos a tercero.

Mariela la miró con el ceño fruncido. No sabía qué responder.

—Vámonos, Lola —espetó. Y las dos amigas alzaron el vuelo con arrogancia.

Las otras hadas de la Rama Narciso se apiñaron alrededor de Zoe.

—¿Cómo lo has hecho? —preguntó Chispa, asombrada—. ¡Ha sido lo más gracioso que he visto en mi vida!

Zoe sonrió. Batió las alas y respondió:

—Mi hermana me dio unos polvos mágicos que contenían un hechizo de amor que desaparece al cabo de unos minutos. De hecho, cuando la profesora llegue a la enfermería, ¡a la luciérnaga ya se le habrá pasado el enamoramiento por completo!

Las hadas se morían de la risa imaginándose la escena. Incluso Bimi sonreía.

—¡La maestra pensará que se ha vuelto loca! —exclamó un hada de cabello amarillo que se llamaba Zena—. ¡Eres la bomba, Zoe!

Chispa rio con el resto de alumnas. Le alegraba poder

olvidarse de sus propios problemas, aunque sólo fuese por un momento. Pero cuando comenzaron a calmarse, Pix la miró con expresión pensativa.

—Chispa, es una pena que todavía no puedas volar —dijo—. Tendríamos que encontrar el modo de ayudarte.

—La profesora Alasluz dice que sólo necesito relajarme, ¡pero no lo consigo! —Hizo una mueca, intentando que no se notara lo mucho que le preocupaba. De hecho, todas las noches tenía unas pesadillas al respecto que le dejaban las alas heladas.

—Pero quizás haya algo en lo que no haya pensado

Pix

—comentó Pix—. Esta noche después de cenar volaré a la biblioteca para investigar un poco sobre el tema.

—¿De veras, Pix? ¿Harías eso por mí? —le preguntó Chispa, esperanzada.

Todas sabían que Pix era el hada más lista de primero. Y si había alguien que pudiera encontrar una solución, sin lugar a dudas ¡era ella!

Pix asintió con expresión seria, colocándose un mechón de cabello rojo detrás de la oreja.

—Pues claro que sí. Y no sólo por ti; cuando aprendas a volar, ¡todas disfrutaremos mucho más!

La Rama Común para las alumnas de primero era un espacio acogedor con el suelo cubierto de musgo y setas a topos que servían de asientos. En el centro de la sala había un anillo de rocas de fuego; piedras mágicas que desprendían calor en invierno y frío en verano. Normalmente, las hadas se reunían allí para hacer los deberes, pero esa noche estaban todas pendientes de Pix.

—¿Y bien? ¿Has encontrado algo ya? —quiso saber Zoe.

—Un par de cosas —contestó Pix. Abrió un libro de pétalos y comenzó a pasar páginas—. Chispa, no eres la primera hada que no puede volar. En el año 1047 hubo otra hada llamada Agnes Alaplomo que tenía el mismo problema.

—¿Sí? ¿Y qué hizo? —preguntó Chispa con impaciencia.

—Pues... —Pix se frotó la nariz—. Bueno, la verdad es que nunca logró volar. Le tuvieron que hacer un carro de ratón a medida, y así es como se movió de un lado a otro durante toda su vida.

—Oh... —susurró Chispa.

—Pix, ¡esa información no nos sirve de nada! —protestó Zoe, con mala cara—. ¿Has descubierto algo útil o no?

Pix se puso colorada y dejó a un lado el libro de pétalos.

—Lo he intentado, pero no hay mucha cosa sobre el tema en la biblioteca. Todas las hadas vuelan.

—Excepto Chispa —intervino Mariela, que estaba escuchando desde un extremo—. No entiendo por qué os tomáis tanta molestia. Es obvio que a Chispa le falla algo.

—¡No es cierto! —gritó Chispa—. ¡Aprenderé a volar tan bien como tú, ya lo verás!

—Nadie vuela tan bien como Mariela —espetó Lola—. Es la mejor de la clase con diferencia.

—Deberían mandarte a casa —continuó Mariela, en-

tornando los ojos—. Estás retrasando a toda la clase. ¡Y por tu culpa no podemos ni oír al bosque!

Chispa tragó saliva. No podía ni hablar.

Zoe dio un paso al frente, abriendo y cerrando las alas a gran velocidad.

—Será mejor que te calles —dijo con voz seria—. Todas estamos de su parte, y nos da igual lo que pienses.

El ambiente en la Rama Común se puso tenso. ¿Qué haría Mariela? La arrogante hada se sonrojó y apartó la vista.

—Me voy a dormir —anunció—. Ya estoy cansada de tanta tontería. —Y, dicho esto, se fue indignada, con Lola aleteando tras ella.

—Ni caso —dijo Zena—. Creo que no la veremos en un buen rato.

—Perfecto —comentó Zoe—. Estaremos mucho mejor sin ella.

—Gracias, chicas —dijo Chispa con timidez—. Pero supongo que en el fondo Mariela tiene razón. Quizá sería mejor que me fuera a casa.

Chispa se estremeció al pensar en sus padres. ¿Cómo les iba a decir que no podía volar? En las cartas que les enviaba había estado fingiendo que todo iba bien.

—Quítate esa idea de la cabeza —intervino Bimi de pronto.

Todas se volvieron sorprendidas hacia el hada que casi nunca hablaba. Sus bonitas mejillas se pusieron al rojo vivo.

—No puedes dejar que Mariela se salga con la suya, ¿no crees? —continuó Bimi—. ¡Me daría muchísima rabia!

—Tiene razón —asintió Pix—. Tenemos que encontrar el modo de ayudarte, Chispa.

—¡Ya lo tengo! —exclamó Zoe de repente, alzándose del suelo de la emoción—. ¿Y si fuera culpa de los polvos mágicos? ¡Quizá no te espolvorearon suficientes!

Chispa se quedó boquiabierta y sintió que recuperaba la esperanza.

—¿Crees que puede ser eso? —preguntó.

—¿Y por qué no? —respondió Zoe—. ¿Qué más podría ser?

Pix sacudió la cabeza y dijo:

—Le pusieron la misma cantidad de polvos mágicos que al resto, y todas podemos volar menos ella. No, no creo que sea eso.

Zoe aterrizó de un golpe.

—Va, ¡no seas tan pesimista, Pix! Vale la pena preguntárselo a la profesora Alasluz, ¿no crees? —Zoe sonrió a Chispa—. Mañana se lo preguntaremos. ¡Seguro que antes del mediodía logras volar!

4

—No —dijo la profesora Alasluz.

—Pero... —comenzó Chispa.

La maestra sacudió la cabeza con firmeza.

—Siento decepcionarte, pero el problema no es de los polvos mágicos. Puedes volar, Chispa, pero te asustas y pierdes el control. Ven a verme hoy después de las clases. Creo que ya es hora de que te dedique un tiempo extra. —Y se fue volando sin tan siquiera volver la vista.

Estaban en la Gran Rama, donde todas las alumnas se reunían para desayunar. Chispa se sentó y bajó la mirada triste a su taza de néctar. Vio que Mariela le susurraba algo a Lola, y ambas amigas se echaban a reír. Eso la hundió todavía más.

—Ya te lo dije —comentó Pix—. Pero no te preocupes; ya se nos ocurrirá algo.

—Bueno, yo sigo pensando que al menos deberíamos intentarlo —intervino Zoe—. Winn me contó que una vez, en la clase de Bondad de las Criaturas, tuvieron una tanda de polvos defectuosos, ¡y una oruga se convirtió en rana! Con que falle un solo copo, todo puede salir mal.

—Ya, ¿pero cómo lo vamos a probar? La profesora Alasluz ha dicho que...

Zoe se encogió de hombros.

—Le pediré a Winn los polvos mágicos. Ella los utiliza para sus clases. Así que eso déjamelo a mí.

—Zoe, no creo que... —repuso Pix.

De pronto, en la Gran Rama reinó el silencio. Chispa alzó la vista y vio que la señorita Lentejuela había volado hasta la plataforma.

—¡Buenos días! —dijo el hada directora—. Tengo buenas noticias. Como muchas de vosotras ya sabéis, cada año en la Academia de Hadas preparamos una función para vuestros padres. Pues bien, este año lo haremos más pronto de lo habitual. ¡Al final del trimestre organizaremos un Espectáculo de Vuelo! Todos vuestros padres están invitados, y estoy segura de que no me defraudaréis.

La Gran Rama se llenó de susurros de alegría, pero Chispa se quedó helada. ¡Oh, no! ¿Qué pensarían sus padres cuando la viesen en tierra? Entonces recordó que sus padres tenían que asistir a un congreso, y aliviada relajó las alas. De todas maneras, seguía siendo horrible. ¡Haría el ridículo delante de todo el mundo!

Zoe no se percató de la expresión de tristeza en el rostro de Chispa; estaba ocupada hablando con Sili, un hada que tenía el cabello plateado.

—¡Es genial! Normalmente estas funciones son muy aburridas, pero esta vez vamos a poder demostrar lo que hemos aprendido, ¡y nos lo vamos a pasar pipa!

Chispa agarró a Zoe del brazo.

—Por favor, no te olvides de los polvos mágicos, ¿vale? —le pidió—. ¡Es muy importante!

—No te preocupes, no me olvidaré —le aseguró, sacudiendo la cabeza.

La señorita Lentejuela alzó los brazos.

—¡Silencio, por favor! Estoy segura de que puedo contar con todas las hadas de esta academia para que el espectáculo sea todo un éxito. —Plegó sus bonitas alas de arcoíris en la espalda y continuó—: Y ahora cantemos la canción de la academia.

Por detrás de la señorita apareció una banda de grillos, que se colocaron en posición y afinaron sus patas como si fueran violines.

Chispa intentó disimular su angustia. Se puso de pie como las otras hadas y comenzó a cantar, abriendo y cerrando las alas al ritmo de la música.

En la gran Academia de Hadas
de diversión batimos las alas.
Vivir en un roble es emocionante,
y un gran futuro tenemos por delante.
Las profesoras muy sabias son,
y usan su magia siempre con razón.
Con mis amigas me siento segura,
todas nos cuidamos con dulzura.
En la gran Academia de Hadas
de diversión batimos las alas.

El día iba pasando, y Chispa no estaba nada segura de
que Zoe se acordase de los polvos mágicos. Todo el colegio estaba excitado por el Espectáculo de Vuelo, y su
mejor amiga parecía más emocionada que nadie.

Zoe pasó junto a Chispa y Solete, y salió disparada
hacia la clase de Poderes Florales, haciendo volteretas en
el aire con Sili y Zena.

—¡Yupi! ¡Seremos las estrellas de la función!

La agitación no cesó en el aula; las hadas no paraban
de hablar del gran acontecimiento.

—¡Prestad atención, chicas! —pidió la señorita Pétalo—. Vamos a hacer una demostración práctica. —La maestra voló hasta un armario de madera y cogió un pequeño pote de bellota. Del interior del recipiente colgaba una margarita marchita; tenía las hojas mustias y parecía triste—. Bien —continuó la profesora, colocando la flor encima de la mesa—, si una margarita está pachucha, ¿qué hacemos?

Normalmente, Pix era la primera en levantar la mano, pero ese día, al igual que todas las otras hadas, estaba mirando por la ventana.

—Mirad, las de segundo ya han empezado a practicar —murmuró alguien—. Tenemos que hacerlo mejor que ellas.

—¡Niñas! —gritó la señorita Pétalo, golpeando la mesa con la mano—. Ya sé que las flores no forman parte del Espectáculo de Vuelo, pero ¿podéis hacer el favor de prestarles un poco de atención?

Las alumnas obedecieron de mala gana y los susurros se acallaron.

—Muy bien, y ahora observad —continuó la maestra—. Sólo tenéis que poner las manos sobre la flor y enviarle pensamientos alegres.

Chispas miró con atención a la señorita Pétalo, quien apoyó las yemas de los dedos en las hojas de la margarita y cerró los ojos. Casi de inmediato, la flor se reavivó y alzó la cabeza hasta mostrar un aspecto fuerte y lleno de vida.

La maestra retrocedió un paso con una gran sonrisa en el rostro.

—Ya está, ¿lo veis? La técnica varía un poco para flores más complicadas, como las rosas y las orquídeas, pero para curar a la gran mayoría sólo tenéis que utilizar pensamientos positivos.

Chispa echó un vistazo a su alrededor. Si la profesora pretendía impresionar a la clase, ¡no lo había conseguido! Casi todas las otras hadas ya estaban mirando de nuevo por la ventana, soñando con la función.

La señorita Pétalo suspiró y guardó la flor en su sitio.

—Está bien, chicas, abrid los libros.

La falta de concentración todavía fue mayor en la clase de la profesora Alasluz. Cuando Chispa llegó al campo de vuelo, el resto de las alumnas ya se habían dividido en equipos de tres y la maestra gritaba órdenes desde el aire.

—Venga, equipos. Ahora practicaréis vuestros giros en espiral. ¡Aleteos precisos!

Zoe formaba equipo con Sili y con Zena, y las tres hadas no dejaban de reír. Chispa se puso celosa, pero enseguida intentó quitarse esa sensación de la cabeza.

«No seas boba. Zoe es mi mejor amiga, pero tiene todo el derecho del mundo a divertirse con Sili y Zena.»

Al fin la profesora Alasluz se percató de la presencia de Chispa y aterrizó frente a ella.

—Esta tarde te daré una clase particular, Chispa, pero, mientras tanto, mira con atención a las otras, y fíjate en sus movimientos. En especial, Mariela; se lo sabe al dedillo. ¡Mira cómo se mueve!

Aunque no era agradable admitirlo, era verdad: Mariela volaba y giraba con total facilidad, y daba volteretas en el aire como pez en el agua. Lola y Bimi se esforzaban por seguirle el ritmo, y Chispa vislumbró una sonrisita de orgullo en el rostro de Mariela. «Pobre Bimi —pensó—. ¡Qué mala suerte tener que volar con ella!»

Bueno, pero al menos volaba...

—Profesora, ¿qué voy a hacer? —preguntó Chispa.

La maestra de Vuelo le dio una palmadita en la espalda.

—No te preocupes. ¡Pronto conseguiremos que vueles!

Pero a Chispa le pareció que la profesora estaba preocupada. Pensó en Agnes Alaplomo y su carro de ratón, y tragó saliva.

Los diferentes equipos de vuelo se reunieron esa noche en la Rama Común para charlar del espectáculo.

—Podríamos practicar fuera del horario de clase, ¿no creéis? —sugirió Zena.

Chispa vio que Zoe batía las alas con emoción.

—¡Buena idea! Haremos unos giros increíbles, ¡y la profesora Alasluz alucinará!

Era obvio que Zoe se había olvidado por completo de los polvos mágicos. Chispa apartó la mirada. Estaba sentada sola en uno de los pupitres de seta con sus deberes de Poderes Florales delante: una margarita marchita que necesitaba un poco de alegría.

Chispa respiró hondo, colocó los dedos encima de las hojas de la flor e intentó imitar a la señorita Pétalo, enviándole pensamientos positivos a la margarita. Pero sus pensamientos no debían de ser nada alegres, pues la flor se puso todavía más mustia. «Vaya, lo que me faltaba», pensó Chispa dando un suspiro.

Su clase particular con la profesora Alasluz había sido un desastre total. Chispa había salido disparada de nuevo y se había quedado atrapada en las ramas inferiores de la academia. ¡La maestra y otras dos alumnas de sex-

to habían tardado casi una hora en bajarla! Chispa se sonrojó al recordarlo.

«A Zoe le importa un bledo —pensó Chispa, enfadada, observando al hada de cabello azul lavanda que reía con Sili y Zena—. ¡Como ella ya sabe volar!»

Enseguida se sintió culpable. Zoe era una buena amiga, y era normal que estuviese emocionada por la función.

«Pero a mí me aterra», repuso una vocecita en su interior. Y una amiga de verdad debería darse cuenta de ello, ¿no? Chispa estaba alicaída, y dejó la flor de lado. «Esta margarita tendrá que hallar el modo de alegrarse ella solita.»

De pronto, Zoe apareció a su lado; le brillaban los ojos.

—¿Se puede saber qué haces aquí escondida, Opuesta? ¡Tengo algo para ti!

—¿En serio? —Chispa se levantó de un salto.

Zoe sacó una bolsa muy pequeñita de su bolso de pétalos.

—Polvos mágicos —anunció con orgullo—. Winn me ha dado un buen puñado. ¡Ya verás cómo pronto volarás!

A Chispa le dio un vuelco el corazón. A Zoe sí le importaba cómo se sentía; había sido muy tonta al dudar de ella.

Zoe tiró del brazo de Chispa.

—Intentémoslo aquí; delante de las piedras de fuego hay un poco de espacio. Venga, chicas, ¡despejad la sala!

Las hadas de primer curso se apiñaron a un lado.

—¡Buena suerte, Chispa! —gritó Sili—. ¡Cruzaremos las alas por ti!

—¿Y pretendéis hacerlo aquí, en la Rama Común? —preguntó Pix.

—Pues claro, ¿por qué no? —contestó Zoe, colocando a Chispa en la alfombra de musgo—. Queremos verla volar, ¿no?

—Pero es que está prohibido volar aquí dentro —repuso Pix.

—Sólo volaré un poquito —prometió Chispa, dando saltos de emoción.

—¡El problema es que pierdes el control! —Pix agitaba las alas con exasperación—. Zoe, de verdad, no creo que sea buena idea...

Zoe la ignoró. Metió la mano en la bolsa y sacó un buen puñado de polvos mágicos.

—¿Estás lista, Opuesta?

Chispa asintió y entornó los ojos. «Por favor, que funcione. ¡Por favor, por favor!», rogó en silencio.

Cuando Zoe espolvoreó los polvos sobre Chispa, se oyó un tintineó. Chispa sintió una sensación maravillosa. ¿Habría funcionado? Abrió un ojo con precaución; el corazón le iba a mil.

—¿Y bien? ¿Cómo te sientes? —quiso saber Zoe—. Creo que ha funcionado, ¡estás supercolorada! —Se ele-

vó medio metro del suelo y comenzó a subir y a bajar en el aire—. ¡Venga, Chispa! ¡Vuela! ¡Sé que puedes hacerlo!

Chispa respiró hondo. Casi todas las alumnas de primero estaban allí, observándola. ¡Menos mal que Mariela y Lola se habían ido!

—¿A qué estás esperando? —preguntó Zoe, volando por encima de ella.

—¡A nada! —Chispa apretó los dientes e intentó concentrarse... Y, de pronto, ¡ZUM!, salió disparada hacia arriba como una flecha—. ¡Aaah! —gritó, sacudiendo los brazos y las piernas.

Chispa comenzó a revolotear sin control por la habitación. Arrancó un par de dibujos de la pared y volcó una taza de néctar. Zoe chilló y se apartó de su camino.

¡CATAPUM! Chispa se dio de bruces contra el techo a toda velocidad y, seguidamente, cayó al suelo, hecha un ovillo.

—¿Estás bien? —gritó Zena.

Ella y Pix se acercaron a toda prisa y la ayudaron a incorporarse.

—Auuu... ¡Qué daño! —se quejó Chispa.

—Inténtalo otra vez —sugirió Zoe, aterrizando a su lado—. Venga, pruébalo una vez más antes de que le cojas miedo.

Chispa sacudió la cabeza; tenía los ojos llenos de lágrimas.

—¿Es que no me has visto? ¡Casi atravieso el techo! ¡Es inútil! ¡Nunca lo conseguiré!

—¡Claro que sí! —Zoe le dio una palmadita en la espalda—. Chispa, todas las hadas pueden volar.

—Excepto Agnes Alaplomo —repuso ésta.

El silencio reinó en la Rama Común, pero Pix se aclaró la garganta e intervino:

—Bueno... Pero los libros dicen que el suyo era un caso muy especial...

—¡No quiero oír ni una palabra más acerca de esa estúpida Agnes! —Zoe rozó el ala azul lavanda de su amiga con una de sus alas de color rosa—. Aprenderás a volar, y se acabó la discusión.

—Ya se me ocurrirá algo. ¡Te lo prometo, Chispa! —asintió Pix.

—¿De verdad? —Chispa forzó una sonrisa.

—¡Pues claro que sí! —exclamó Zoe—. Chispa, tienes que aprender a volar; de lo contrario, te perderás muchas cosas... —Ayudó a su amiga a ponerse en pie—. Como el Espectáculo de Vuelo, por ejemplo. No querrás quedarte en tierra, ¿no? ¡Conseguiremos que vueles, ya verás!

5

No obstante, a lo largo de las semanas siguientes a nadie se le ocurrió nada, y Chispa seguía sin volar. La profesora Alasluz continuó dándole clases particulares, pero nada de lo que intentaba parecía funcionar.

—¡Relájate! —le decía una y otra vez—. Estás pensando demasiado, cielo. No pienses en nada, ¡sólo vuela!

Y Chispa cerraba los puños e intentaba concentrarse: «No pienses, no pienses.» Pero siempre acababa empotrándose contra el gran roble.

Mientras tanto, los equipos de vuelo seguían practicando cada día, revoloteando en lo alto durante la clase de la profesora Alasluz. Chispa se quedaba mirando a sus compañeras desde el suelo, intentando no perder el ánimo ni el espíritu deportivo.

—¡Así se hace, Zoe! —la animaba, mientras ésta practicaba los ejercicios con su equipo.

Su amiga sonrió y la saludó desde el aire.

—¡Esto es la bomba! —exclamó.

El equipo de Zoe salió zumbando hacia el estanque que había en el otro extremo del campo, y Chispa observó que unas libélulas azules y verdes se apartaban de su camino. Uno de los insectos cayó sobre un junco, batiendo sus brillantes alas. El junco se dobló hacia el suelo, pero en cuanto la libélula volvió a alzar el vuelo, éste se irguió de nuevo.

Chispa refunfuñó para sus adentros: ¡incluso las libélulas volaban mejor que ella!

La profesora Alasluz, que estaba suspendida en lo alto, gritaba instrucciones a los equipos:

—Y ahora, seguid practicando un poco más —ordenó. A continuación, comenzó a descender con elegancia y aterrizó al lado de Chispa—. Bueno, cielo —comenzó, colocándose bien el cabello azul—, creo que ya es hora de que empieces a preparar tu número para la función, ¿no crees? Ya sólo queda una semana.

—Pero ¿qué voy a hacer? Si no puedo volar...

—Todavía no puedes volar —la corrigió la profesora Alasluz con el ceño fruncido—. Pero de todas formas participarás en el espectáculo. Tengo un papel importante para ti.

—¿En serio? —preguntó Chispa, sorprendida.

La maestra asintió.

—He estado hablando con la profesora Brillarina, y se nos ha ocurrido una idea perfecta. Mientras los equipos vuelen, ¡tú realizarás una danza especial en tierra!

¿Un baile? Sólo de imaginárselo, ya se ponía colorada.

—Pero ¿tengo que hacerlo? —espetó.

—¡Pues claro que sí! —repuso la maestra en tono severo—. Si todas las alumnas de primero participan, no te vamos a dejar de lado, ¿no crees?

Chispa no lo veía tan claro. Se encogió de hombros y bajó la vista.

La profesora de Vuelo le levantó la barbilla con un dedo firme.

—No debes compadecerte de ti misma, cielo. ¿Dónde está tu espíritu de hada? Harás el baile que la profesora Brillarina te asigne, ¡y lo harás lo mejor que puedas! —Dicho esto, la maestra batió las alas con fuerza y un momento después ya estaba de nuevo en el aire gritando órdenes a los equipos.

Chispa cerró las alas y contuvo las lágrimas. Un baile... ¡Un ridículo baile en tierra mientras todas las demás volaban!

Solete, que había estado picoteando en busca de gusanos no muy lejos de ella, se acercó de un salto y le dio un golpecito de consuelo en el brazo. Chispa apretó la mejilla contra las suaves plumas de su ala y se secó las lágrimas.

—Ay, Solete... —susurró—. ¡Me sentiré como una

idiota! Y delante de toda la escuela... Suerte que mis padres no estarán aquí para verlo; ¡eso sería todavía peor!

El equipo de Mariela pasó por encima de ella.

—Ups, pareces apenada —comentó Mariela—. Pobrecita Chispa, ¿estás triste porque no sabes hacer esto?

Y tan rápida como un colibrí, Mariela dio un giro completo. Lola la seguía, riéndose a carcajadas. Bimi fue la única que se mantuvo al margen. Se cruzó de brazos y se quedó revoloteando en su sitio sin mirar a Chispa.

Chispa observó a Mariela. ¿Por qué no la dejaba en paz?

Justo en ese instante, Lola, que estaba acabando su giro a demasiada velocidad, perdió el control. Y, ¡pum!, se dio de bruces con Bimi.

—¡Aaah! —gritó Lola mientras caía.

Sin pensárselo dos veces, Chispa salió en su ayuda. Corrió y logró rescatar al hada antes de que se aplastase contra el suelo, amortiguando el golpe con sus brazos.

—¡Au! —gruñó Chispa. Las dos hadas cayeron juntas al suelo. Chispa se incorporó poco a poco, frotándose la cabeza—. ¿Estás bien?

Lola parecía aturdida.

—Sí... Creo que sí. Me ha cogido una rampa en el ala al chocar contra Bimi, eso es todo.

—¿Se te ha pasado ya? —preguntó Chispa, ayudándola a levantarse.

Lola sacudió sus alas de color azul claro, y asintió.

—Oye... Eso ha sido... Quiero decir, que... —Lola miraba a Chispa con timidez.

Mariela aterrizó junto a ellas; parecía furiosa.

—Suerte que tenemos un buen personal de tierra —dijo en voz alta, cogiendo a su amiga del brazo—. ¿No crees, Lola? —añadió, mirándola con el ceño fruncido.

—¡Ah, sí! ¡Qué suerte! —Lola tragó saliva.

—Me alegro de que no puedas volar —comentó Mariela, sonriendo a Chispa—. ¡Te necesitamos en tierra!

Dicho esto, batió las alas y alzó el vuelo. Lola salió tras ella, y Chispa se quedó mirándolas. ¡Caray! ¿Tanto le costaba a Mariela ser un poco más amable? Alzó la vista y vio a Bimi, que estaba suspendida un poco más arriba.

—¿Y tú qué quieres? —preguntó enojada.

El hada hermosa se sonrojó.

—Nada... Jo, Chispa, ¡lo siento! Es tan...

—Venga, ¡todos los equipos juntos! —bramó la profesora Alasluz, dando palmas—. Rápido, quiero hacer un ensayo completo.

El rostro de Bimi estaba tan rojo que parecía una ama-

pola. Se fue volando sin prisa, volviendo la mirada hacia Chispa. A lo lejos, Chispa oyó que Zoe reía con Sili y Zena. Nadie más se había percatado de lo ocurrido.

Chispa se sentó en una hoja de diente de león y se llevó las manos a la barbilla. Una mariquita avanzaba lentamente por el tallo de la flor, y Chispa le acarició la cabeza con tristeza.

—¿Sabes qué, mariquita? Esta academia no me gusta tanto como pensaba...

Esa misma noche, antes de cenar, las mariposas de la academia revolotearon por la Gran Rama cargadas con cartas y paquetes para las hadas. Una mariposa amarilla voló con elegancia hasta Chispa y le dejó caer en la falda un pétalo de rosa enrollado.

—¡Anda, mira! ¡Mamá me ha enviado un bloc de hojas nuevo! —exclamó Zoe, abriendo el paquete—. Seguro que Winn le ha dicho que he perdido el que tenía.

—Es que siempre lo pierdes todo —comentó Chispa. Y con curiosidad desenrolló el pétalo de rosa.

Querida Chispa:

A tu padre y a mí nos sabía fatal perdernos el Espectáculo de Vuelo, así que hemos decidido que no iremos al Congreso de Medicina para Hadas. Iremos a la Academia de Hadas como todos los otros padres y familias, y también llevaremos a Tina. ¡Está tan emocionada que no puede quedarse quieta!

No te pongas nerviosa por el espectáculo, Chispa. Hazlo lo mejor que puedas, y estaremos tan orgullosos de ti como siempre. ¡Hasta pronto!

Con cariño,

MAMÁ Y PAPÁ

—¡Oh, no! —exclamó Chispa.

Se volvió rápidamente hacia Zoe, pero su amiga estaba charlando con Sili y Zena acerca de los ejercicios de la función.

—Chispa, ¿estás bien? ¿Qué te pasa? —le preguntó Bimi desde el otro extremo de la mesa.

Chispa dejó caer la carta y se tapó la cara con las manos.

—Nada, nada. ¡Me acaban de dar las peores noticias de mi vida!

—Intentemos pensarlo de forma lógica —dijo Pix—. Chispa, ¿por qué no puedes volar?

Las hadas estaban reunidas en la Rama Común, sentadas en las setas y en la alfombra de musgo.

—No lo sé —respondió Chispa—. La profesora Alasluz dice que pienso demasiado. Dice que volar es cuestión de instinto, pero me pongo tan nerviosa que mis alas se hacen un lío.

Intentó mantener la calma, pero el corazón le latía a gran velocidad. ¿Qué iba a hacer? No podía decepcionar a sus padres delante de todo el mundo. ¡Estaban muy orgullosos de ella! Tenía que aprender a volar antes del espectáculo.

—Vale, pues si queremos conseguir que vueles antes de que lleguen tus padres, tenemos que ayudarte a no pensar. Tienes que encontrarte en una situación en la que no tengas más remedio que volar, y no tengas tiempo para preocuparte ni ponerte nerviosa.

—¡Ya lo tengo! —intervino Zoe con expresión traviesa—. ¡Empujémosla desde algún sitio muy alto!

Chispa intentó reírse con las otras hadas, pero lo cierto es que no le hacía ninguna gracia. ¿Cómo podía su amiga hacer broma con algo así?

—¡Espera! —dijo Pix, con los ojos bien abiertos—. Zoe, ¡creo que la has clavado!

—Pues, claro —sonrió ésta—. Soy un genio, ¿aún no te habías enterado?

—¡Basta de tonterías, Zoe! En serio, no es una mala idea. Si Chispa se estuviera cayendo, no tendría más remedio que volar, pero ¿cómo? —Pix tamborileaba con los dedos en su barbilla, con el ceño fruncido—. Venga, ¡pensemos en algo!

—Quizá... Quizá podríamos levantar una pirámide de hadas —sugirió Bimi. Todas la miraron e, inmediatamente, le subieron los colores—. Fuera, en el jardín, quiero decir. Y entonces Chispa podría trepar hasta la cima y saltar.

En aquel instante, Chispa recordó a la libélula que había visto esa misma mañana, la que había aterrizado sobre el junco y había vuelto a alzar el vuelo. ¡Claro! Le temblaron las alas de emoción.

—¡Ya lo tengo! —gritó—. ¡Se me ha ocurrido la idea perfecta!

6

—Chispa, ¿estás preparada? —gritó Pix.

—¡Preparada! —contestó Chispa, aferrándose al tronco marrón del junco.

El agua verdosa del estanque yacía debajo de ella. Si bajaba la vista, se veía reflejada.

«No voy a tener miedo», se dijo a sí misma con determinación. Habían repasado el plan un millón de veces y habían discutido hasta el más mínimo detalle. Nada podía salir mal.

—Vale, chicas, ¡tirad el junco hacia abajo! —ordenó Pix, moviendo los brazos.

Un gran número de hadas de la Rama Narciso volaron hasta lo más alto del junco. Agarrándolo bien desde todas las direcciones, tiraron de él hacia el agua hasta que quedó totalmente plano.

Con una expresión de preocupación, Pix voló hasta Chispa.

—¿Estás segura de que quieres hacerlo? —le preguntó en voz baja.

—¡Segurísima! Todas estamos de acuerdo: es el mejor plan —asintió.

—Pero si no funciona...

«¡No me lo recuerdes!», pensó Chispa. Estiró las alas y contestó:

—¡Es la única manera! Y no es peligroso; si no me cogéis, me caeré al agua y ya está.

—Vale —suspiró Pix—. Pues a la de tres, tú y las otras soltaréis el junco. Saldrá disparado, y tú también. Y si todo va bien, ¡volarás!

—Y ya va siendo hora —añadió Zoe desde su posición—. Tanto pensar en el plan me estaba dando dolor de cabeza.

Chispa se mordió el labio. Sabía que esos últimos días Zoe se había aburrido mucho, pero no era el momento de preocuparse por ello.

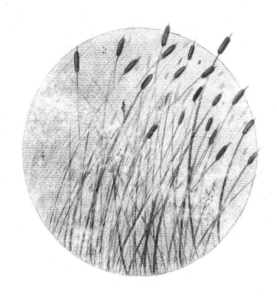

—¡Venga, chicas, a la de tres! —exclamó Pix, aleteando por encima del junco.

Las hadas se colocaron en posición.

—¡Uno! —gritó Pix.

El corazón le iba a mil por hora, y Chispa cerró los ojos.

—¡Dos!

«Prepárate para soltarte —pensó—. Prepárate...»

—Tre...

—¿QUÉ DIABLOS ESTÁIS HACIENDO? —bramó una voz—. ¡BAJADLA DE AHÍ AHORA MISMO! —La profesora Alasluz revoloteaba por encima del junco como una avispa furiosa—. ¡No me lo puedo creer! —vociferó—. Chispa, ¡baja ya! Y el resto, volad hasta dejar el junco como estaba, ¡y bajad a tierra!

En un abrir y cerrar de ojos, el junco estaba tieso de nuevo, y Chispa se hallaba en tierra con las otras hadas. La profesora Alasluz se encontraba suspendida frente a las avergonzadas alumnas con expresión enfadada.

—¿Tenéis la mínima idea de lo peligroso y ridículo que es lo que estabais a punto de hacer? —preguntó.

Las hadas tragaron saliva. Zoe levantó la mano muy despacio.

—Sólo intentábamos ayudar...

—¿AYUDAR? —rugió la maestra—. ¿Y si no hubiera volado y se hubiese caído al agua? ¿Sois conscientes de que en ese estanque vive una tortuga mordedora?

¿Una tortuga mordedora? Chispa se quedó pálida.

—JAMÁS, en todos mis años como maestra, había visto tal infracción de las normas de la academia...

—¡No las culpes a ellas, por favor! —intervino Chispa—. ¡Yo les pedí que me ayudasen! Mis padres vendrán a ver el espectáculo, y...

La profesora de Vuelo batía las alas; estaba furiosa.

—¡No hay excusas que valgan, Chispa! Tú y tus compañeras deberíais haberlo pensado mejor. Así que ya os estáis despidiendo de vuestra tarde libre; os la pasaréis escribiendo doscientas veces «¡No haré cosas ridículas y peligrosas!».

—Por favor, profesora Alasluz, castígame a mí, pero no al resto —rogó Chispa.

—¿Acaso prefieres que lo suba a quinientas veces? —repuso la maestra con los ojos inyectados en sangre.

Chispa se mordió el labio y no dijo ni mu.

—¡Ya me lo imaginaba! —continuó la profesora—. El castigo sigue en pie. Y, ahora, regresad a la academia. ¡Ya!

No había nada que discutir. Las hadas de la Rama Narciso obedecieron y se fueron volando por encima del césped.

Solete saludó a Chispa con cariño mientras ésta se subía a su espalda. El pájaro amarillo y gris había estado observando los preparativos preocupado, y parecía aliviado por la aparición de la profesora Alasluz.

—Supongo que era una idea ridícula, pero... ¿qué más podía hacer? —murmuró Chispa, acariciándole el ala—. ¡Y ahora tenemos que escribir esa frase doscientas veces! Las otras me van a odiar, ¡y ni siquiera hemos podido comprobar si el plan funcionaría!

Solete

Mientras Chispa cogía las riendas, la profesora Alasluz se aproximó a ella.

—Espera un momento, Chispa. ¿Has dicho que tus padres van a venir?

El hada asintió, apenada.

—Todavía no saben que no puedo volar. Sé que debería habérselo dicho, pero... —Su voz se fue apagando.

Una especie de sonrisa se dibujó en el rostro de la maestra.

—Pues no creo que convertirte en un hada catapulta solucione las cosas —repuso con brusquedad—. Lo que tienes que hacer es comenzar a volar sin pensar en nada más. Y, ahora, regresa a la academia antes de que amplíe el castigo a quinientas líneas.

Para consuelo de Chispa, nadie parecía culparla por la larga tarde que pasaron escribiendo. Aunque Mariela y Lola, quienes por supuesto no habían participado en el plan, se regocijaban del castigo a la mínima oportunidad.

El resto de la semana pasó muy rápido, hasta que de pronto llegó la noche anterior al espectáculo.

Reunidas en la Rama Común, las hadas de primero

bebían néctar con gas y charlaban emocionadas sobre la función del día siguiente. Chispa intentó unirse a ellas, pero no lograba sacarse de la cabeza la imagen de ella bailando en tierra y sus padres mirándola.

Zoe le dio un golpecito con el ala.

—¿Se puede saber qué te pasa, Opuesta? ¡No has dicho ni pío en toda la tarde!

—Nada, estoy bien. —Chispa forzó una sonrisa. Se había prometido a sí misma que no hablaría más del tema con sus amigas, y más después del lío en el que las había metido.

—Venga, ¿qué sucede? —insistió Zoe—. Va, ya sabes que a mí puedes contármelo todo.

De pronto, a Chispa se le llenaron los ojos de lágrimas. Tomó a su amiga del brazo y la llevó hasta un rincón tranquilo de la rama.

—¿Qué voy a hacer, Zoe? Mis padres estarán aquí mañana, ¡y todavía no sé volar!

Zoe resopló con impaciencia.

—Ay, Chispa, no empieces con eso otra vez —refunfuñó—. Últimamente ya no eres nada divertida. ¡Te pasas el día quejándote de lo mismo! ¿Es que no tuviste bastante con el castigo del otro día? ¿Qué más quieres que hagamos?

A Chispa le sentó como una bofetada.

—Pero... —comenzó.

—¡Mañana bailas y punto! No será tan grave. Me voy a hablar con Sili y con Zena de nuestra actuación. —Y Zoe se fue sin mirar atrás.

Chispa se hundió en un banco de corteza y se esforzó por no llorar. Después de todo el tiempo que había pasado animando al equipo de Zoe y escuchándola hablar de los ejercicios de Vuelo... Se había dejado la piel para ser una buena amiga, pero por lo visto Zoe no se había dado ni cuenta.

—Hola —dijo una voz.

Chispa alzó la mirada y vio a Bimi, que estaba de pie delante de ella sujetando dos tazas de néctar con gas.

—Es que... Te has dejado tu néctar ahí —dijo, tendiéndole una de las tazas.

La verdad es que a Chispa se le habían pasado las ganas de néctar, pero la cogió de todas formas.

—Gracias.

—No he podido evitar oír lo que decíais —le dijo con suavidad, sentándose a su lado.

—¿Cómo me puede decir eso? —protestó Chispa conteniendo las lágrimas—. Ya sé que os metí en un lío, pero...

—¡No fue culpa tuya, Chispa! —dijo Bimi—. Todas quisimos hacerlo.

—Y yo que pensaba que era mi mejor amiga... —Chispa se secó los ojos con la mano—. Bimi, ¿tú también crees que me paso el día quejándome? —Aguantó la respiración en espera de la respuesta.

—¡Pues claro que no! —contestó Bimi—. Has sido muy valiente. Si me hubiera pasado a mí, ¡me pasaría el día llorando! Pero Zoe es... —Se quedó callada, mirando de lejos al hada de cabello azul lavanda que reía y charlaba con las otras.

—¿Qué? —preguntó Chispa.

—Nada, nada, no importa. —Bimi bajó la vista a su taza de néctar.

—Ya sé lo que ibas a decir —dijo Chispa muy despacio—. Que Zoe es muy alegre, ¿no? Pero eso es lo único que le importa: pasarlo bien. Y si algo no es divertido, entonces no le interesa en absoluto. —Chispa hizo una mueca—. Aunque le esté pasando a su Opuesta.

—Ay, Chispa, ¡lo siento mucho! —la consoló Bimi. Chispa dejó de lado la taza y se abrazó las rodillas.

—Bimi, no puedo hacer el baile en tierra mientras el resto de vosotras hace piruetas en el aire. De verdad que no puedo. ¡Mis padres ni siquiera saben que no sé volar! Antes preferiría romperme una pierna y pasar el espectáculo en la enfermería.

—Te entiendo —asintió—. Pero eso no solucionaría nada, ¿no crees?

—Bueno, al menos no haría el ridículo delante de mis padres. —Chispa apoyó la barbilla en las rodillas—. Estaban tan orgullosos de que viniese a estudiar aquí... ¡Y mira!

—¿Seguro que ya lo hemos intentado todo? —preguntó Bimi—. Quizá se nos haya pasado algo por alto. ¡Dime todo lo que se te ocurra!

Así que Chispa le explicó a Bimi que la profesora Alasluz siempre le decía que tenía que relajarse.

—Dice que necesito elevarme sin pensarlo, ¡pero no sé cómo hacerlo! Y ya lo hemos probado todo...

—Puede que no... —dijo Bimi frunciendo el entrecejo.

—¿Se te ha ocurrido algo? —quiso saber Chispa incorporándose de golpe.

—No, pero creo que no debemos perder la esperanza, eso es todo —contestó Bimi mirándola a los ojos.

Chispa puso mala cara y se volvió a apoyar contra la pared. Tras unos segundos, sonrió.

—¿Sabes, Bimi? La primera vez que te vi pensé que eras una creída. Pero ahora veo que no lo eres; eres muy guay.

—¿Creída? ¿Yo? —preguntó medio enfadada.

—Sí, precisamente por ese tono que utilizas a veces —explicó entre risas—. Como si en el fondo prefirieses estar sola.

—Es que... —Bimi se puso roja como un pimiento—. Es que odio que-que la gente se-se quede mi-mirándome —tartamudeó—. Y siempre que conozco a alguien, sucede lo mismo.

—Pero eso es porque eres guapísima —dijo Chispa—. ¡Cuando te conocí pensé que eras el hada más bella que había visto en la vida! Tu cabello azul, y tus alas doradas y plateadas...

—Las odio —la interrumpió Bimi, apenada, haciendo un dibujo en la alfombra de musgo con su bota de duendecillo—. Me encantaría ser normal, como todo el mundo. ¿Te acuerdas del número que montó la profesora Flotis el primer día cuando repartía los uniformes? ¡Me quería morir!

—Pero ¿sabes una cosa? Ahora cuando te miro ya no pienso en lo guapa que eres —dijo Chispa—. Para mí eres Bimi y punto.

—¿Lo dices en serio? —preguntó con los ojos resplandecientes.

—¡Pues claro! —le aseguró Chispa.

Las dos hadas se miraron con cariño. A continuación, Chispa echó un vistazo a Zoe, y se dio cuenta de que ya no le importaba tanto lo que había pasado. Quizá Zoe no fuese tan buena amiga como había pensado... Pero con Bimi, ¡se sentía genial!

Las dos hadas se quedaron charlando hasta que Chispa comenzó a bostezar y a estirar las alas.

—Me voy a la cama —decidió—. Ya sé que todavía quedan unos minutos antes de que se apaguen las luciérnagas, pero estoy supercansada.

Cuando Chispa se hubo marchado, Bimi se quedó sentada unos minutos más, dándole vueltas al asunto. A continuación se levantó y fue a unirse con las otras hadas.

—Pix, ¿podemos hablar? —preguntó, llevándose al hada pelirroja a un lado.

Ésta, que normalmente estaba seria, se ruborizó.

—Ay, Bimi, ¡qué emocionante! ¡Ya queda muy poco para que empiece la función!

—Ya, pero no creo que a Chispa le haga tanta ilusión —repuso Bimi en voz baja—. Y encima sus padres vendrán a verla...

—¡Pobre Chispa! Creo que esta noche nos hemos olvidado un poco de ella. ¡Qué malas amigas!

—Pero tengo una idea —dijo Bimi. Y rápidamente le explicó lo que se le había ocurrido—. Lo malo es que no estoy muy segura de cómo hacerlo —acabó—. Para que funcione, todas las hadas de la Rama Narciso tendrían que estar dispuestas a colaborar.

—¡Es una idea increíble, Bimi! —dijo Pix con emoción—. ¡Creo que podría funcionar!

—Yo también —dijo una voz detrás de ellas.

Bimi se volvió, y se quedó atónita. Era Zoe.

—Pero yo pensaba que... —Bimi se calló de golpe, tragándose las palabras.

Zoe se sonrojó y sacudió las alas.

—Yo... Ya sé que no debería haber sido tan borde con Chispa —confesó con torpeza—. Ya me estaba hartando del tema, pero quiero ayudar, ¿vale?

—¡Eso es genial, Zoe! —exclamó Bimi, sonriendo a la avergonzada hada—. Claro que puedes ayudar. —Aunque para sus adentros Bimi se preguntaba cuánto le durarían las ganas.

—Y seguro que también podemos contar con todas las demás —comentó Pix—. Además, esta vez no creo que nos metamos en ningún lío. ¡Sólo estamos obedeciendo a la profesora Alasluz!

De repente, a Bimi le dio un vuelco el corazón.

—¡Oh, no! —se quejó—. No funcionará. ¡Nos hemos olvidado de Mariela! No querrá ayudarnos...

Zoe sonrió y se apartó un mechón de cabello de la cara.

—Bueno, no tiene por qué saber lo que está haciendo, ¿no? ¡Eso dejádmelo a mí!

—Chispa, despierta. ¡Te has dormido! —exclamó Bimi, sacudiéndola por los hombros.

Todavía medio dormida, Chispa abrió un ojo y se despertó sobresaltada. ¡La Rama Narciso estaba vacía! Las camas de musgo estaban bien hechas y no había un hada a la vista.

—¿Dónde está todo el mundo? —le preguntó Chispa, desconcertada.

—Ya se han ido a desayunar —contestó su amiga—. ¡Date prisa o llegarás tarde!

—Pero ¿dónde está la profesora Flotis? —Chispa

Bimi

apartó su manta de pétalos de narciso, saltó de la cama
y comenzó a alisarse las alas a toda prisa.

—No lo sé —respondió Bimi, sacudiendo la cabeza—. Venga, Chispa, ¡date prisa!

Aturdida, Chispa se puso el uniforme. ¿Por qué no la
había despertado nadie? Pero no había tiempo para pre-
guntas, Bimi ya había salido escopeteada hacia la puerta, casi volando de las prisas.

—¡Venga! —urgió.

Caray, ¡debía de ser muy tarde! Chispa cogió su gorro de hoja de roble y corrió tras su amiga.

Cuando llegó al saliente que había al otro lado de la puerta, se paró en seco. Solete no estaba. Chispa se quedó perpleja; ¡Solete siempre estaba ahí, esperándola! ¿Qué estaba pasando?

Bimi ya había alzado el vuelo y se dirigía a toda velocidad a la Gran Rama envuelta en una nube de oro y plata.

—¡Espera! —gritó Chispa—. ¡Solete no está! No puedo...

—¡Au! —exclamó Bimi de pronto. Se detuvo en el aire y se agarró el ala izquierda.

—¡Bimi! ¿Qué te pasa? —preguntó desde el borde del saliente.

—¡Mi ala! ¡Me ha cogido una rampa! —Bimi comenzó a caer y Chispa se quedó aterrorizada—. ¡Socorro! —gritó Bimi, haciéndose cada vez más pequeña mientras caía en picado hacia el suelo.

Sin pensarlo, Chispa saltó en su ayuda. Batiendo las alas con fuerza, pasó a toda pastilla frente a las otras ramas de dormitorios y aulas. Poco a poco la figura de Bimi se fue acercando y, al fin, Chispa la alcanzó.

No estaban a mucha distancia del suelo, pero ¿lograría rescatarla? Chispa aumentó todavía más la velocidad; volaba más rápido de lo que creía posible.

—¡Date prisa, Chispa! —gritó Bimi.

Sus dedos rozaron los de Bimi y... ¡Ya la tenía! Chispa la agarró del brazo y batió las alas con todas sus fuerzas para frenar a su amiga antes de que cayese al suelo. Las dos hadas aterrizaron y se desplomaron sobre la suave alfombra de musgo.

¡Uf! Chispa se incorporó, respirando con mucha dificultad.

—¿Estás bien? —preguntó.

—¡Ha funcionado! —exclamó Bimi. Se levantó de un salto y abrazó a Chispa—. ¡Has volado! ¡Lo has conseguido!

Al comprenderlo, Chispa se quedó boquiabierta.

—¿Yo? Sí, es verdad, ¡he volado! —dijo alucinada.

—¡Sabía que podías hacerlo! ¡Chispa, puedes volar! —A Bimi le brillaba la cara. Agarró a Chispa de los brazos y comenzó a saltar.

De pronto aparecieron todas las hadas de la Rama Narciso, gritando de alegría.

—¡Lo has conseguido! ¡Y de qué manera! —la felicitaban.

Sus amigas la abrazaron emocionadas.

—Puedo volar —susurró Chispa. Batió las alas y se elevó, aguantando la respiración. Pero no sucedió nada malo; sus alas no se helaron de miedo. Estaba volando, ¡como cualquier otra hada! Voló hacia abajo y revoloteó por encima de sus amigas—. ¡Puedo volar! ¡ESTOY VO-LANDO!

Seguidamente, remontó el vuelo y comenzó a volar hacia el tronco de la academia. Chispa reía y chillaba de alegría, revoloteando y haciendo acrobacias en el aire. No podía dejar de sonreír. Le daba la sensación de que su corazón irradiaba magia.

En aquel instante apareció Solete, que voló a su alrededor piando de felicidad. Chispa le pasó los brazos por el cuello.

—¡Solete! —gritó—. ¡Estoy volando!

—¡Lo teníamos todo planeado! —explicó Pix entre risas a la hora del desayuno—. Fue idea de Bimi. Ella tenía que fingir que le cogía una rampa en el ala, era necesario que estuvieras sola, ¡para que no tuvieras más remedio que volar! Así que nos hemos levantado todas prontísimo y hemos salido a hurtadillas de la rama. Ah, y también hemos tenido que llevarnos a Solete...

—¡Y la verdad es que no nos ha costado nada convencerlo! —intervino Sili, saltando de emoción en su seta—. Creo que sabía lo que tramábamos.

Chispa, que todavía sentía un cosquilleo en las alas por la emoción, se moría de ganas de alzar el vuelo otra vez.

—¿Y cómo sabías que volaría para salvarte? —le preguntó a Bimi.

El hada del cabello azul sonrió con timidez.

—Pues porque me acordé de aquella vez en la clase de Vuelo en que corriste para ayudar a Lola. Y pensé que, si alguien necesitase tu ayuda, no tendrías tiempo para pensar en nada, ¡volarías y ya está!

—Ay, Bimi, ¡me alegro tanto de que tuvieras razón! —dijo Chispa cogiendo otro trozo de tarta de semillas de la bandeja de hojas de roble.

—Yo también —contestó ésta con una gran sonrisa—. ¡Por poco me aplasto contra el suelo!

Todas rieron.

En el otro extremo de la mesa, Mariela parecía turbada. Zoe le dio un codazo a Chispa y sonrió.

—Le dije que te habíamos preparado una trampa para vengarnos por lo del castigo; que queríamos que llegases tarde al desayuno para que te cayera una buena bronca. ¡Estaba loca por ayudarnos!

Mariela se puso como un tomate y dejó su taza de bellota en la mesa.

—No acabo de entender por qué estáis armando tanto jaleo. ¡Has tardado tanto en aprender a volar que lo más seguro es que nunca llegues a hacerlo tan bien como el resto!

—En especial, como Mariela —apuntó Lola—. Es una voladora excelente.

Chispa puso los ojos en blanco. ¡Esas dos siempre intentaban aguarle la fiesta! Pero ese día no se saldrían con la suya. Sonrió y se frotó las alas, reviviendo la magia.

—Que conste que sigo pensando que la de la rampa ficticia debería haber sido yo. —Zoe se hizo la ofendida, pero enseguida se le escapó la risa y le dio un golpecito con el ala a Chispa—. ¡Qué guay, Opuesta! ¡Ahora podremos volar juntas a todas las clases!

Chispa vaciló y miró de reojo a Bimi.

—Gracias, Zoe... Pero creo que volaré con Bimi —dijo con suavidad.

—¿En serio? —Zoe se sorprendió y se quedó callada

unos segundos—. Ah, pues entonces supongo que seguiré volando con Sili y con Zena. Pero seguimos siendo Opuestas, ¿no?

—¡Claro que sí! —respondió Chispa.

Y era cierto. Zoe era una amiga estupenda cuando las cosas iban bien, pero Chispa prefería que su mejor amiga fuera alguien con quien siempre pudiera contar. Ella y Bimi se sonrieron.

La profesora Alasluz aterrizó de pronto junto a su mesa.

—¿Se puede saber qué es eso que dicen de un rescate a toda velocidad que ha tenido lugar esta mañana? —preguntó con expresión severa, cruzándose de brazos.

Chispa pegó un bote y casi vuelca su taza de rocío fresco.

—¡Profesora Alasluz! ¡Ya puedo volar!

—Eso he oído. Era difícil no enterarse; ¡tus gritos llegaban hasta la otra punta de la academia! ¿Y tu ala, Bimi? ¿Está mejor? —La profesora de Vuelo le clavó la mirada.

—Pues... Es que... —Bimi se sonrojó—. Es que en realidad no me ha cogido ninguna rampa, profesora Alasluz. Sólo hemos hecho los que nos dijiste: conseguir que Chispa alzase el vuelo sin pensarlo.

—¡Y ha funcionado! —exclamó Chispa—. Profesora, ¡ha funcionado!

—Sí, sí, eso ya lo sé. —La maestra se frotó las alas—. Pero no me parece bien que una alumna finja desplomarse de esa manera...

Las hadas de la Rama Narciso aguantaron la respiración mientras la profesora recorría la mesa con la mirada. Pero justo entonces, una pequeña y disimulada sonrisa comenzó a dibujarse en el rostro de la maestra hasta convertirse en una sonrisa radiante.

—Bien hecho, Chispa —dijo en voz baja, apoyándole la mano en el hombro—. ¡Sabía que podías hacerlo! Estoy orgullosa de ti; de todas vosotras —añadió, mirando a las otras hadas—. Ha sido poco ortodoxo, ¡pero lo habéis conseguido!

—¿Me dejaréis volar en el espectáculo? —Chispa rebosaba de felicidad.

—¿En el espectáculo? —La profesora parecía sorprendida—. Pues me temo que no. Las otras chicas llevan semanas practicando los ejercicios, y tú acabas de empezar. Todavía no tienes el control necesario.

Chispa vislumbró una sonrisita en el rostro de Mariela y se ruborizó.

—Pe-pero Es que... Mis pa-padres estarán aquí —tartamudeó—. Yo creía que...

—Lo siento, Chispa —dijo la profesora Alasluz sacudiendo la cabeza—. Lo lamento, pero no creo que puedas prepararte en tan poco tiempo. La respuesta es no.

7

Esa mañana las alumnas sacaron brillo a todas las hojas de la Academia de Hadas y colgaron montones de flores de sus ramas. Polvos mágicos de color rosa y dorado brillaban en el aire formando las palabras «¡Bienvenidos, amigos y familias!».

Los invitados comenzaron a llegar poco antes del almuerzo. Chispa esperaba en el jardín de delante de la academia con las otras hadas de su rama, escudriñando el cielo en busca de sus padres.

—¿Qué les voy a decir? —le preguntó a Bimi—. Vienen a verme volar, ¡no bailar!

—Sólo tienes que explicarles la verdad —contestó

Bimi—. Ya verás lo mucho que se alegran de que ya sepas volar.

Chispa suspiró. Sabía que Bimi tenía razón, pero de todas formas deseaba con todas sus fuerzas poder volar para sus padres como todas las demás alumnas.

Mariela y Lola aterrizaron en el césped cerca de ellas.

—¿Lo has oído? —dijo Mariela en voz alta—. ¡Van a dar premios a las mejores voladoras! Qué pena que no haya uno para la mejor bailarina...

A Chispa le dio un vuelco el corazón. Se encogió de hombros e intentó fingir que no le importaba.

—¡Y seguro que te dan el primer premio, Mariela! —Lola batía sus pálidas alas—. ¡Eres la mejor!

Mariela sonrió como una boba y se echó el cabello verde plateado a un lado.

—Bueno, no está bien que lo diga yo, pero lo cierto es que tengo mucho talento natural. —Miró a Bimi con los ojos entornados y continuó—: Sólo espero que el resto del equipo esté a la altura.

—No te preocupes —espetó Bimi—. Pero ¿sabes qué, Mariela? Creo que hay un hada en sexto que tiene muchas más probabilidades de ganar que tú. Han preparado una magnífica carrera de obstáculos en el aire, mucho más impresionante que los giros que hacemos las de primero.

Mariela frunció el ceño. No supo qué responder, así que ella y Lola se largaron.

—¡Tan encantadora como siempre! —comentó Chispa.

—Pues la verdad es que lo que diga Mariela me importa un bledo. Ya sabemos cómo es: es una borde y punto. Pero Lola... Es tan hipócrita... ¡Es que parece haber olvidado por completo que le salvaste el cuello!

—Bueno, tampoco me arrepiento de haberla ayudado. Supongo. —Chispa sonrió.

En aquel momento reconoció dos siluetas que volaban hacia ella con un ratón corriendo por debajo.

—Mira, ¡son mis padres! ¡Y han traído a mi hermana pequeña! —gritó, y salió disparada.

Todos los deseos de que sus padres no fuesen a verla se esfumaron en cuanto los vio, sonriéndola con cariño. Su padre, alto y fuerte, con su habitual sonrisa y su cabello de color violeta oscuro. Su madre, tranquila y preciosa, con su risa repentina y sus brillantes mechones de color rosa. Y Tina... Trotaba encima de Choco, prácticamente saltando en los estribos de la emoción.

Chispa se lanzó a sus brazos.

—¡Me alegro tanto de veros! —gritó.

Su madre le dio un beso, y su padre le alborotó el cabello.

—¡Estás muy guapa, Chispilla! —le dijo.

—Guau, ¡es precioso! —comentó Tina, observando el gigantesco roble con la boca abierta.

—¿Verdad que sí? —Chispa sintió que se le hinchaba el pecho de orgullo.

Entonces, recordando sus modales, les presentó a Bimi, y por la sonrisa de su madre supo que le había gustado su amiga.

Después de eso, fue como si todas las otras familias llegaran a la vez. Chispa vio que Zoe y su hermana Winn charlaban animadamente con sus padres. También vio a la madre de Mariela, quien tenía la misma nariz respingona que su hija.

—¡Así no se hacían las cosas en mis tiempos! —oyó que decía.

La madre de Bimi era muy guapa. Tenía unas elegantes alas de color plateado y dorado y el cabello azul brillante; igualita que su hija. Saludó a Chispa con una gran sonrisa.

—¡Me alegro mucho de que mi hija haya hecho una

amiga! —dijo—. Estaba un poco preocupada, porque Bimi es tan tímida y se vuelve tan seca cuando está nerviosa...

Detrás de ella, Chispa vio a Bimi muriéndose de vergüenza.

—Bueno, cuando se ofusca no le hacemos ni caso y ya está —bromeó—. ¡Sabemos que no lo hace con mala intención!

Cuando todas las familias hubieron llegado, las mariposas de la academia salieron en tropel del árbol cargadas de mantas de hierba tejida y tartas de semillas dulces. ¡Un picnic! Chispa y Bimi intercambiaron una sonrisa de felicidad. En un abrir y cerrar de alas, todo el mundo estaba repartido por el jardín; bebían, comían y reían.

Entre mordisco y mordisco, Chispa parloteaba con sus padres, explicándoles cómo había ido el trimestre. Pero, por alguna razón, no les dijo ni mu acerca de las dificultades que había tenido para aprender a volar. «Ya se lo explicaré —se decía a sí misma—. Cuando encuentre el momento oportuno.»

Poco después se produjo una pausa en la conversación, y Chispa se armó de coraje.

—Mamá... Papá... —comenzó.

Justo entonces, un grupo de hadas de sexto curso pasó zumbando por encima de las familias.

—¡La función está a punto de comenzar! —gritaban—. Alumnas, ¡reuníos con vuestros equipos y esperad las indicaciones de la profesora Alasluz! Padres y familias, acudid al campo de vuelo, por favor.

—Guau, ¡es tan emocionante! —exclamó Tina, bailando—. Chispa, ¿qué harás tú en el espectáculo?

Chispa abrió la boca para empezar a hablar, pero la cerró de nuevo.

—Yo... Yo... ¡Ya lo verás! —logró decir al fin—. Venga, Bimi, será mejor que nos demos prisa. —Y las dos amigas volaron hacia el campo de vuelo.

—¿Por qué no se lo has dicho? —quiso saber Bimi.

—Es que no he sido capaz. —Chispa se desvió un poco para esquivar a una palomilla que volaba muy despacio, y tragó saliva—. De todos modos, pronto lo sabrán...

Mientras los equipos de vuelo esperaban bajo las carpas de hoja de roble, Chispa permanecía sola a un lado del campo esperando su turno para empezar el baile. Miró a su alrededor y observó la multitud de setas que

Profesora Brillarina

la señorita Pétalo había hecho crecer especialmente para que sirvieran de asientos durante la función; bajitas en las primeras filas y más altas y finas en la parte trasera.

La profesora Brillarina se acercó a Chispa volando. Llevaba puesto su espectacular vestido de tela de araña.

—¿Estás lista para el baile, cielo? —preguntó.

—Sí, profesora —asintió Chispa.

—Hemos preparado un baile precioso —dijo la maestra, juntando las manos—. No te preocupes por no estar en el aire, ¡brillarás como una estrella, ya lo verás!

Para sus adentros, Chispa pensó que las únicas estrellas del día iban a ser los equipos de vuelo. «No importa», se dijo. Si tenía que hacer un baile, ¡lo haría lo mejor posible! Y haría que sus padres se sintieran orgullosos de ella, tanto si volaba como si no.

Al fin, la gradería de setas se llenó, y en el campo de vuelo reinó la expectación. La orquesta de pájaros y grillos comenzó a tocar una alegre melodía, y las alumnas de primero salieron volando de su carpa.

¡Ahora! Chispa respiró hondo y corrió hasta el centro del campo.

Mientras los equipos revoloteaban y daban vueltas en lo alto, Chispa se concentraba en sus pasos. Giro, abajo, bamboleo, salto... «La profesora Brillarina tenía razón», comprendió Chispa. ¡Era un baile precioso! Se olvidó de que no estaba volando y se dejó llevar por la danza.

Cuando las de primero regresaron a su carpa, a Chispa le hubiese gustado seguir bailando. Pero hizo los últimos pasos y rápidamente caminó de puntillas hacia el público. Hubo una gran oleada de aplausos. Chispa se quedó atónita; la estaban aplaudiendo a ella. ¡Debía de haberlo hecho superbien!

Chispa sintió una emoción intensa, como si la hubieran espolvoreado con polvos mágicos. Sin pensarlo, salió disparada hacia el cielo y dio tres volteretas seguidas en el aire para celebrarlo.

Cuando aterrizó, los espectadores reían a carcajadas. Chispa se tapó la boca con la mano. ¡Caracoles! ¿Qué le diría la profesora Alasluz? Ruborizada, salió a toda prisa del campo, justo cuando los equipos de segundo entraban en escena.

Después de la función, las alumnas se reunieron con sus familiares y amigos, y disfrutaron del néctar dulce que les sirvieron las mariposas. Las alumnas de sexto tenían permiso para vestir su propia ropa para la ocasión, y la verdad es que con sus pantalones cortos y sus brillantes camisetas de tirantes parecían adultas.

—Chispa, ¡ha sido precioso! ¡Estamos tan orgullosos de ti! —Su madre la abrazó.

—¿Aunque no haya volado? —Chispa sabía la respuesta, pero de todos modos quería oírla de la boca de su madre.

—Pero, cariño, sí que has volado —dijo su madre entre risas, batiendo sus alas azul lavanda—. ¡Has hecho tres volteretas perfectas!

—Sí que estamos muy orgullosos de ti, Chispilla —dijo su padre con dulzura—. Al final le has pillado el truco. Sabíamos que lo conseguirías.

Chispa se quedó atónita.

—Vosotros... Ya... ¿Ya sabías que no podía volar? Pero...

—La señorita Lentejuela nos escribió hace un par de semanas —le explicó su madre—. Y decidimos que lo mejor sería que te tomases tu tiempo. Y, al final, ¡lo has conseguido!

—Pero de todos modos queríamos estar contigo hoy —comentó su padre. Achuchó a su hija y añadió—: ¡Para felicitarte o para consolarte!

La profesora Brillarina aterrizó junto a ellos.

—¿Qué os ha parecido el número de esta increíble bailarina? —preguntó.

Los padres de Chispa se volvieron para hablar con ella, y Chispa y Bimi se miraron sorprendidas.

—¡Y no me habían dicho ni una palabra en todo este tiempo! —comentó Chispa.

—Bueno, supongo que confiaban en que lo conseguirías tú solita —dijo Bimi—. Un gran regalo por su parte.

—Bueno, y de toda la academia —comentó Chispa pensativamente—. Hicieron todo lo posible para que no tuviera miedo, pero al final todo dependía de mí... Bueno, ¡con un poco de ayuda de mis amigas, claro! —Ella y Bimi se sonrieron.

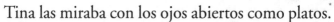

Tina las miraba con los ojos abiertos como platos.

—¿De qué estáis hablando? —quiso saber.

—Ya te lo explicaré cuando seas mayor —prometió, dándole un buen achuchón a su hermanita. Se quitó el gorro de hoja de roble y se lo puso a Tina encima de su bonito cabello de color rosa—. Mira, ¡ya pareces una alumna de la Academia de Hadas!

Cuando llegó el momento de entregar los premios de Vuelo, todo el mundo se reunió alrededor de la plataforma de musgo donde las señorita Lentejuela y las otras maestras esperaban.

El hada directora estaba suspendida frente a la multitud, y sus alas de arcoíris destellaban con el sol.

—Con tantas hadas talentosas, no ha sido fácil elegir a las ganadoras, pero la profesora Alasluz y yo lo hemos hecho lo mejor posible.

Mariela, que estaba de pie muy cerca, sonrió con satisfacción.

—Seguro que me eligen a mí —Chispa oyó que le decía a su madre—. Soy la mejor de la clase.

—Empezaremos con las alumnas de primero —anunció la señorita Lentejuela—. Ha sido una decisión muy difícil, pero la mejor voladora del primer curso es... ¡Zoe Avelira!

Todas las de primero aplaudieron efusivamente. Zoe soltó un grito de alegría y voló hasta la plataforma para recoger el premio.

—¿Cómo? —Mariela cerró las alas de golpe.

—¡Esto es intolerable! —protestó su madre—. Tienes muchísimo más talento que ella, Mariela.

Chispa observó a Zoe mientras recibía un pergamino y un beso de la señorita Lentejuela, y sonrió. «Bien hecho, Opuesta», pensó. Aunque ya no eran las mejores amigas, se alegraba mucho por Zoe. ¡Tanto practicar había valido la pena!

Después de que la señorita anunciase las ganadoras de los otros cursos, alzó las manos para pedir silencio.

—Y, ahora, todavía nos queda un premio por entregar... El premio a la mejor voladora de toda la academia.

Mariela y su madre recuperaron el ánimo; les brillaban los ojos.

—¡Ay, no! —le susurró Chispa a Bimi—. Puede que se lo den a Mariela...

La señorita Lentejuela sonrió a la multitud.

—La profesora Alasluz me sugirió quién se merecía este premio más que nadie, y estoy totalmente de acuerdo con ella. No es muy normal entregar un premio a alguien por realizar únicamente tres volteretas en el aire...

Pero creo que todos lo entenderéis si os explico que el hada en cuestión acaba de aprender a volar esta misma mañana.

A Chispa le dio un vuelco el corazón. La señorita Lentejuela la estaba mirando directamente.

—Chispa Revuelo, vuela hasta aquí y recoge tu premio, por favor.

—¡Chispa! —exclamó Bimi, agarrándola del brazo—. ¡Has ganado!

Chispa se quedó petrificada; seguro que lo había oído mal. Su padre rio y le dio un empujoncito entre las alas.

—Venga, Chispilla. ¡Todo el mundo te está esperando!

Como si lo estuviera soñando, Chispa voló hasta el escenario. Todos la vitoreaban. La señorita Lentejuela le entregó un pergamino y un pequeño broche de oro con el emblema de la Academia de Hadas: un roble con alas.

—Felicidades, Chispa. —La señorita le dio un beso en la mejilla—. Estoy tan contenta... Sabíamos que podías hacerlo.

La profesora Alasluz le dio un abrazo.

—Han sido unas volteretas impresionantes para una voladora novata, cielo.

—¡Gracias! —dijo Chispa, aferrándose a sus premios—. ¡Muchísimas gracias!

Pasado el día, las hadas de la Rama Narciso se reunieron en el jardín para despedirse antes de emprender el vuelo para pasar las vacaciones con sus familias.

—¡Hurra por Zoe y por Chispa! —exclamó Pix, alzando el puño—. Las dos ganadoras de primero son de la Rama Narciso, ¡toma ya!

—Sí, ¡somos la bomba! —bromeó Zoe, dando volteretas en el aire.

—Pues a mí no me hace tanta gracia —espetó Mariela con el ceño fruncido—. Está claro que la competición ha sido injusta.

—No les hagas caso, Mariela —comentó Lola, cogiéndola del brazo—. De todos modos, te importan un bledo esos ridículos premios.

—Qué mentira —rio Zoe meneando su pergamino delante de Mariela—. Pero, bueno, a ver si tienes más suerte la próxima vez.

Mariela apartó el pergamino y fulminó a Zoe con la mirada. Seguidamente, ella y Lola se alejaron entre susurros.

«Pobre Mariela», pensó Chispa. Se lo había ganado a pulso, pero nunca lo superaría.

Chispa llevaba el broche nuevo sujeto al uniforme, el cual destellaba con los últimos rayos de sol del día. Lo tocó con delicadeza; todavía no se lo acababa de creer.

—¡Te lo merecías! —dijo Bimi, observándola—. Lo digo de corazón, Chispa.

—Gracias —contestó ésta con una gran sonrisa—. Pero a ti también te tendrían que haber dado un premio. Sin tu ayuda nunca lo habría conseguido.

—Y para eso están las amigas, ¿no? —Bimi le dio un golpecito con el ala—. Lo que más me alegra es que no me dejases caer.

En ese momento, Zoe rodeó a Chispa y a Bimi por los hombros, batiendo las alas con fuerza.

—Cuando volvamos de las vacaciones, deberíamos celebrarlo con una fiesta: ¡un banquete a medianoche!

Chispa rio. ¡Zoe nunca cambiaría!

—¡Me parece una idea genial! ¿Tú qué opinas, Bimi? —preguntó sonriendo a su mejor amiga.

—¡Me apunto! —asintió con entusiasmo; su cabello azul relucía—. Encontraremos el modo de librarnos de la profesora Flotis, ¡y lo celebraremos por todo lo alto!

—De ninguna de las maneras, chicas —dijo una voz severa.

¡La profesora Flotis! Las hadas se estremecieron cuando la regordeta maestra apareció junto a ellas, batiendo las alas con seriedad.

—No habrá ningún banquete a medianoche, ¡ni cuando volváis ni nunca!

—Lo decíamos en broma, profesora —dijo Zoe. Y sin que la maestra se diese cuenta, les guiñó el ojo a las otras hadas.

—¡Chispa! —gritó su madre con una sonrisa—. Venga, cielo, tenemos que irnos ya.

Tras un último abrazo a sus amigas, Chispa alzó el vuelo hacia la puesta de sol. Mientras ella y su familia emprendían el camino de regreso a casa, se volvió para contemplar la Academia de Hadas. Las flores que habían colgado para la función todavía cubrían las ramas del árbol, ondeando con la brisa. Y las diminutas ventanas doradas rodeaban el gigantesco tronco en espiral.

Chispa rebosaba felicidad. Había sido un día perfecto; ¡el mejor de su vida! Había aprendido a volar, había hecho una mejor amiga... Y, además, iba a la academia más guay del mundo.

No te pierdas
nuestra próxima
aventura

Festín a medianoche

Academia de Hadas
Donde las hadas florecen

«¿Cómo ha podido Bimi hacernos algo así?», pensó Chispa. «¿Por qué?»

Al comienzo del segundo trimestre en la Academia de Hadas, Chispa echa en falta a su familia. ¡Suerte que puede contar con su amiga Bimi! Pero Chispa y sus compañeras se meten en un buen lío cuando las pillan fuera de la escuela, en plena noche, tras celebrar un festín a medianoche. Y todo apunta a que Bimi las ha dejado encerradas fuera a propósito. ¿Será cierto? ¿Por qué haría Bimi algo así?

Descubre las aventuras de Chispa durante el segundo trimestre en la Academia de Hadas, ¡la escuela más mágica del mundo!